最美丽的你在路上

路过心上的经典散文
邂逅一生的悦读，愿你翻过每一页

线装書局

图书在版编目(CIP)数据

最美丽的你在路上 / 夏爱华著. —北京 : 线装书局, 2019.11(2022.7)

ISBN 978-7-5120-3723-6

Ⅰ.①最… Ⅱ.①夏… Ⅲ.①散文集—中国—当代 Ⅳ.①I267

中国版本图书馆 CIP 数据核字(2019)第 150830 号

最美丽的你在路上

著　　者: 夏爱华
责任编辑: 张　倩
装帧设计: 宋双成
出版发行: 线装书局
地　址:北京市丰台区方庄日月天地大厦 B 座 17 层(100078)
电　话:010-58077126(发行部)　010-58076938(总编室)
网　址:www.zgxzsj.com
经　　销: 新华书店
印　　刷: 唐山富达印务有限公司
开　　本: 640mm×910mm　1/16
印　　张: 18
字　　数: 214 千字
版　　次: 2022 年 7 月第 1 版第 2 次印刷
印　　数: 10001—20000 册
定　　价: 49.80 元

线装书局官方微信

在阅读中优雅老去

二十岁时，第一次去凤凰，不为古镇美景，只为能与偶居夺翠楼的黄永玉先生见上一面。

时逢雨季，沱江奔啸，烟波微茫信难求。苦待数日，仍没能等到想见之人。

在清冷的雨丝中独自徘徊，满心失落。无意走进一家书店，里面尽是沈从文先生的文本作品。无处可去，只好在僻幽的角落里翻阅旧籍。而后，一发不可收拾。

回程当日，总觉有重要东西遗落城中，寻思许久，才跑去那条巷子的书店里买了本周身泛黄的《边城》。这本有着深蓝小印戳的《边城》，至今仍安躺于我的书柜里——它不仅使我在未果的行程中找到些许补偿，更让我在之后的时光无比怀念二十岁的自己。

再后来，兴许命里所定，真与书结下了不解之缘。不但自己看书写书，更领着诸多热爱文学的人走上了自己想走的路。

我经常跟学生们说，阅读是写作的命脉，只有不断阅读，才能保持创作角度的新颖和思维的敏捷。然而，阅读所赐予的，又何止是这些？

不管在何时何地，只要手中捧着一本书，心里便会觉得安然。书不但能排遣无聊的寂寞，将岁月的伤痛逐一缝补，还能把心灵淬炼成一块玲珑美玉。

一个爱书之人，必是睿智且沉稳的。遇事不惊，处之泰然。古人所说的“腹有诗书气自华”，便是这意思。

生命本就是一次有限的跋涉。一个经常看书和一个经常沉迷在网游世界的人，心灵绝对是不一样的。前者，往往更能体悟一叶一菩提的真谛。

书本所给予心灵的力量，是不可言喻的。十年寒窗，说的并不是读书人的艰辛，而是意在表述读书人的坚忍和不懈。试问，有多少人可以在寒窗下十年如一日地重复做同一件事情？

正如北大教授曹文轩所说，世间最优雅的姿态，就是阅读。不论静坐还是倾卧，甚至在厕所里，它都是最美的姿态。因为这样的人，通常都会从骨子里散发出一种极具亲和力的书卷气。

阅读人物，通晓历史，可以从他人鉴知自己得失；阅读杂文，百味世事，可在辛言辣语中澡雪精神；阅读情感，温热肺腑，可居书香浓情里滋养心灵；阅读故事，体会人生，可于静谧岁月中倾情流泪……

每一种书，都是风景；每一本书，都是亟待窥破的秘密。

宋朝诗人黄山谷有一句名言："三日不读书，便觉语言无味，面目可憎。"这其中说的，就是每日读书的重要性。

本系列图书，所遵循的就是这个简单的理论。通过遴选当下不同类型的精华文章，给读者送去不同的心灵养分——成长的人生让你懂得如何珍惜青春，成功的智者让你明白如何把握自己的人生，真情的自我让你寻回本真的感动，感悟让你看到世界别样的美好……

为了能找到年度最精华的文章，为了给读者省去寻找的烦琐，我们几乎把本年度的期刊翻了个遍，目的就是为了去其糟粕，取其精华。

我们的宗旨只有一个，就是为这个时代的读者，奉献好书。

但愿我们可以放慢忙乱的步伐，一起在欢愉的阅读中，优雅老去。

一路开花

2018 年 12 月书于云南曲靖

目录

第六辑　载着“正能量”向前飞奔

第七辑　把根扎进梦想的土地

第八辑　爱的风景无比绮丽

第九辑　前进的路上，请为自己鼓掌

第一辑

心灵的花朵悄然绽放

生活中，宽容别人，收获包容。赞赏别人，赢得关注。激励别人，获得支持。认可别人，得到肯定。有一位诗人曾这么说过：“世界上最辽阔的是大地，比大地更辽阔的是天空，比天空更辽阔的是人的心灵。”我们的心，如果辽阔如原野，深邃似星空，那么，世界在我们心中，便无比美妙。让心灵的花朵悄然绽放吧，让我们一起步入春光明媚的季节。

最美丽的你在路上

当冰雪渐渐消融，小草在风中吟唱。暖风阵阵，季节带我们走进春天。

一年之计在于春。新的一年，充满生机。我们有满满的365天时间，去做我们愿意做的事。让我们和春天一起上路，把我们未曾实现的梦想一一去实现。

季节的春天，唤醒我们心灵的春天。问一声自己，你的内心是否充满了希望？你的人生是否有了新的计划？

繁花满树，春光正好。季节的春天，那是外在的美景。而人生的春天，才是我们迈步前行的动力。

走进希望的春天，喜看一窗山海，春风荡漾。走进希望的春天，聆听布谷声声，播种美好。

站在季节的春天，笑迎人生的春天。因为心怀梦想，希望在前。我们的人生，便如春天一般绚丽多彩。

走进希望的春天，不惧怕曾经的失败，你的人生将无比灿烂。走进希望的春天，抓紧时间去实现心中的梦想，你就拥有一个充实的人生。

不要害怕失败。成长路上，有一天你会感谢人生路上的所有磨难，因为它磨炼了你的意志，让你变得无比坚强，能够笑迎风雨，像海面上骄傲的海燕一样，高高飞翔。一句话，没有磨难，成功的滋味就不够甜。

走在阳光里，花香袭人。心如晴空，静谧安详。

很喜欢这首小诗："爱我的，我报以微笑。恨我的，我报以叹息。无论头顶是怎样的天空，我准备承受任何风暴。"坦然面对你的人生，静静地等待风雨之后的那道美丽彩虹。你的脚步会更坚定，目光更深邃，思想更深刻，心灵更纯洁。

坚定地奔向前方，最美丽的你在路上。

传递善良

因为身体壮、体力好，而且特别爱好旅游，老公报名参加了网络上的一个“背包族公益慈善群”，定期和一群背包客去全国各地的名山大川旅游。旅游之余，总不忘捡拾垃圾，为环保尽自己的一份力。他去过黄山、泰山、华山，最远的地方是西藏。他说，在著名的风景区，那么美好的地方，哪怕地上扔着一个空的塑料袋或是一个空的矿泉水瓶子，你都会觉得十分突兀，因为那东西跟美丽山川、风景名胜太不协调了。你都会很自然地走过去，将它捡起，放进垃圾袋里。天地万物都那么纯净美好，保持下去其实并不难，不过举手之劳而已。他说，他们所到之处，影响了更多人加入其中，也和他们一样自觉主动地捡拾风景区的垃圾，这令他深感欣慰，而且无比自豪。他说，在这个世界上，每个人的力量都很微小。但参与的人多了，众人拾柴火焰高，环境一定会越来越好的。

老公的所作所为深深地感动着我，于是我报名参加了社区专门为“空巢老人”组建的服务小组。每周我都会抽出一定时间去社区参加活动，帮“空巢老人”写信、寄信、代他们去超市购物。为他们读报，陪他们聊天，帮他们洗头、理发，甚至亲自下厨为他们烹煮午餐……而我所做的这一切，都是不收取任何费用的。有位老人非常感动，拉着我的手，连声问我为什么要这么做？我答道，因为有一天我也会变老啊！到了那时候，也许老伴已先我而去，儿子因为工作忙而对我无暇顾及。到了那时候，我也会和您一样，成为一个标准的“空巢老人”。到了那时候，我衷心地希望，有人会像今天的我所做的一样，无私奉献爱心，关心我、照顾我。我现在之所以一直坚持这么做，就是为了将来有一天，我也能够同样享受到这样的关心与照顾啊！

儿子在我的影响下，也逐渐变成了一个心怀爱心的孩子。班里有个同学，家里经济条件不太好，铅笔用得很短了，眼看着手都握不住笔杆了，他也舍不得扔掉。儿子看见了，便私下送他一支新铅笔，说：“用吧，不用谢。”有时，看他没带午餐，便悄悄地把他叫到操场一角，避开大家的视线，热情地邀请他分享自己的那份午餐。两个人说说笑笑地吃饭，彼此心情都不错。我问他为什么这么做？他说：“人人都有自尊心啊！我帮他，纯属自愿，不求感谢，又何须作秀？”儿子的话让我无比感动。尽力帮助他人的同时，还不忘小心保护他人的自尊心。儿子真的长大了，懂事了。

俗话说，莫以善小而不为。

传递善良，爱心闪亮。善良之心，是温暖红尘的所在。善良的人，幸福安康。

幸福人生来自快乐地遗忘

年已不惑，历经尘世的风雨，坚定地走在人生路上，我感慨颇多。

看过一则禅宗故事：稽首文殊，寒山之士；南无普贤，拾得定是。昔日寒山问拾得曰："世间有人谤我、欺我、辱我、笑我、轻我、贱我、恶我、骗我，如何处治乎？"拾得微笑答道："只是忍他、让他、由他、避他、耐他、敬他、不要理他。再待几年，你且看他。"拾得的回答让我想了许多。固然，谁都知道，沉默是金。然而，面对不肯善待自己的人，只是冷眼旁观，是不是也太过被动？消极地躲开，一言不发，其实其中所包含的，是深重的委屈。什么也不说，对红尘只是横眉冷对，那么心里的快乐到底能有几分？

曾经深深地爱过一个人，却被那个人伤得遍体鳞伤。痴情遇上负心，结果还能怎样？反反复复地分手，终至无缘，从此各奔东西，其实心痛难平，拼命牢记那些心灵的伤害。心灵深处，似乎在等待一个机会，要狠狠地惩罚那个负心人。直到有一天，母亲将我一言点醒："你不爱他了，就是对他最大的惩罚。与其耿耿于怀，不如彻底放下，笑迎阳光。"母亲的话，令久违的笑容重归我的脸。母亲让我懂得了，遗忘是一件快乐的事儿。

喜欢和朋友一起探讨人生。朋友说,你知道吗?人体细胞会新陈代谢,每3个月会替换一次。旧的细胞死去,新的细胞诞生。将一身细胞全部换掉,历时7年。也就是说,在生理上,我们每7年就是另外一个人。你依然是你,你其实早已不再是你。很多事情都不会以人的意志力为转移,就像我们的身体,7年,全部置换。一个旧的细胞都没有,整个焕然一新。我们的身体,就这样永远活在成长当中,每一刹那都有变化。而我们,其实也早已不是原先的我们。朋友说,遗忘是人的天性。总有一天,你会不再记起他。想想看,我们的躯体日复一日地清空着,相信记忆也同样无法逃过被定期清空的命运。

朋友的话,让我欣喜无比。哦,原来,生命如此奇妙,7年一清空,前尘尽作梦幻泡影。再多的重峦叠嶂,也无法阻挡这来自生命本身的一径清流地缓缓冲刷。真的,谁能保证这7年不会有天翻地覆的变化呢?时间能改变一切,亦能证明一切。是啊,既然生命本身给了我们这么好的精神馈赠,那么,只要你有足够的勇气,什么都不想,7年后,也许你的任何一个细胞也不会再记得他。所有的前情过往,尽付风中。人生原来可以如此从容优雅,从容到可以顺其自然,优雅到心中月白风清,一片皎洁。

原来,所有的一切,不需我刻意遗忘,身体机能会让我自然忘却。7年的时光,那些不快乐的记忆,便会水一般从我生命中轻快地流过。知道了身体的这个秘密,我如释重负。阳光在心,快乐无比。

对于不愉快的一切,与其铭记,不如遗忘。将它交给生命本身就可以了。7年的时光流转,你将脱胎换骨,成为一个崭新的自我。一切重新开始,拥有美丽人生。

用心灵拥抱经典

当今，网络及信息飞速发展，浅阅读、体验式阅读、快餐式阅读、图片式阅读、浏览式阅读等阅读方式已成趋势，而古典名著却是需要用心慢慢读的。当一切都变得快捷无比时，唯有读书，是需要慢下来，静下去，才能深深感受到书之魅力。

走进书店，迎面看到的是各种成功法则、励志成才、职场宝典的书籍。这些“智慧之书”俨然成了整个社会争相竞读的“经典”。读书，是给心灵汲取营养的最好方式，而这样的精神营养，只能慢慢吸收。因为读书的同时，我们还要认真思考，即边阅读边思考。这样一来，读书就不可能像高速列车一样，瞬息往返，疾速到站。读书可以使精神世界丰盈无比，内心的力量变得无比强大。读书可以拓宽人的心灵，使心胸变得博大，容得下全世界。读书可以使人变得坚韧，毅力顽强，具备克服一切困难的勇气。读书是为了使心灵成长，拓宽视野，使思想趋于成熟。

一个社会对于经典持什么样的态度，往往彰显着这个社会人文水平的高下及文明发展的胸怀。因此推崇经典阅读，不仅仅是一个人的生存发展所需，同时也是一个民族历史文明传承发展的需要。

陶渊明的《读山海经》真实地表达了阅读经典时的快乐心情："泛览周王传，流观山海图。俯仰终宇宙，不乐复何如？"一个人读完一本好书之后，心胸广阔，仰观天地之大，宇宙都在你的眼里。那么，人生有什么是不能超越的？还有什么不快乐的事呢？这就是读书的至高境界。

古典名著是我们心中流淌的一种文化基因。如果你肯静下心去看，你会知道它始终在走，只是它从未走远。我们之所以觉得古典名著正在渐渐远离我们，其实来源于我们心灵的误区。古典名著其实一直存在，相伴着我们的人生道路。而我们，唯有静下心来，才能真正读懂它们。于红尘的喧嚣中，静静地读书，我们才能进入天地与我同在、心灵自由飞翔的境地。

庄子曾这样说过："水静尤明而旷精神，圣人之心静乎。"用一颗宁静、柔软而富于接纳的心，安静地阅读，我们才能以最佳状态接收到古典名著透过岁月传递给我们的思想智慧与无穷的精神力量。

人淡如莲

在这个美好的秋日黄昏，窗外夕阳如画，我的心分外宁静。曾经那样抗拒过孤独的造访，想尽一切方法逃离。如今，我终于有了一份静谧的情怀，悠然享受孤独，心中怀有莫名的欣喜。

人生路上，一路走来，我都在刻意躲避孤独。因为我是一个开朗的人，喜欢热闹。但我后来发现，孤独不是你不喜欢它，它就会转身离去的。回首往昔，我发现，人生旅途中，许多时候我都是在无人陪伴的情况下，独自前行的。

遥想当年，17岁那年我去南疆求学。长途客车直奔天山山脉，盘旋而上。时值盛夏，天山一带却寒气逼人。天山大阪终年被冰雪覆盖。冰峰之巅，一朵一朵的雪莲花美丽地盛开着，硕大的花朵，蔚为壮观。天山之巅，冰雪的世界，人迹罕至，飞鸟也不愿光临。我想，雪莲花在这样的地方寂寞地盛开，到底是在为谁绽放呢？

转眼30年过去了，这个问题终于有了答案。冰封雪飘的天山上，雪莲花只为自己绽放。它耐得住严寒，骄傲地怒放，雪莲花使天山生辉，在孤独中坚守着高洁的个性。它属于冰山，所以它安享孤独。

多年以前，读过一篇文章《享受孤独》。看过后，我觉得作者真是矫情。世上哪有人独爱孤独，甚至把孤独当作享受的呢？走过风雨，历尽沧桑，年已不惑的我，终于明白作者是对的。惬意地享受孤独，是一种高远的人生境界。

陶渊明曾写下这样的诗句："欲言无予和，挥杯劝孤影。"意思是，既然尘世间无人能够懂得我的心、我的志向与追求，那么就让我将孤独一饮而尽吧。原来，人生在世，面对孤独，也可以如此潇洒。

在这个美好的秋日黄昏，窗外霞光万道，绚丽无比。我的心中，静静地绽放着一朵美丽的雪莲，馨香馥郁，人生美好。

禅心若湖

人生路上，我有许多难解的困惑。宁静的夜晚，翻开《禅悟人生》一书，我读得津津有味。终于知道了自己诸多来自心灵的困惑，其实是因为对自我的过于关注。比如，帮助别人，哪怕嘴里不说，潜意识里依然希望得到相同份额的回报，希望能够收获对方发自内心的感激。佛说，人生在世，应当像太阳一样，把阳光与温暖洒向万物，给众生以温暖与能量，但却不求回报。这段话，释放了我内心沉积已久的郁闷心情。人生不求回报，一切顺其自然，烦恼自然不会堆积心田。心灵清澈，如阳光下的溪流，欢快地流淌，滋润所到之处的每一寸土地，是何等快乐。

人生中，存在许多不可避免的伤痛，它们在心底慢慢累积，让人抑郁烦闷，无法疏解。佛说，一念一天堂，一念一地狱。意思是说，凡事皆在意念之中。同样一件事，乐观的人会快乐，悲观的人会哭泣。许多时候，人都在悲喜之间徘徊。其实人生，平凡、平静、平淡中有诗情画意，有心的人才会发现。许多时候，是我们自己把痛苦放大了，一颗心整日沉浸于悲苦中，难以自拔。其实人生既没有我们想象的那么坏，也没有我们想象的那么好。以一颗平静的心看待人生，接受命运中的坎坷，努力跨越；享受生命中的美好，微笑如花，就是对自己最好的善待。将一杯盐水置于湖中，味道清凉，了无咸味。这是因为，人生的苦痛如同这些盐，有一定数量，既不会多也不会少。我们承受痛苦的容积的大小决定痛苦的程度。所以当你感受到痛苦的时候，就把你承受的容积放大些，不是一杯水，而是一个湖。禅心若湖，痛苦无踪。

什么是禅？禅是开悟的心，仿佛明净的晴空，温暖，和煦，平静。

什么是禅？禅是澄明的心，仿佛一湖碧水，清澈，甘甜，悠远。

比起万里晴空，我更喜欢禅心若湖这句话。禅的境界，仿佛一个湖。有人投下石子，荡起涟漪，湖水默默化解，最终归于平静。有落叶飘至，也能安静地接纳，一声不响。生机勃勃的湖，鱼自在地游嬉。白云映照湖心，真的是湖光山色，风光如画。微风撩起波纹，仿佛湖的笑靥。风狂雨骤之时，惊涛拍岸，气势蔚为壮观……心若如湖，气象万千。接纳所有的快乐，悄然化解每一次的不如意。上善若水，温润清新。

佛说，流水下山非有意，片云归洞本无心。人生若得如云水，铁树开花遍地春。拥有一颗平常心，人生便如行云流水。

独处是人生的需要

夏日的黄昏，静得让人觉得有点落寞。朋友打来电话，说，寂寞吧，空虚吧，出去走走吧，吃个饭，聊聊天吧。我说，是宁静，并不空虚。我珍惜这种心灵的宁静。挂了电话，我独自微笑，心中充满了独处的快乐。

我愿意在这种宁静的时刻，仔细梳理一段时间以来杂乱无章的记忆，对未来的目标有一个清晰的认识与判断。我就这么做了。思绪漠漠，如白鸽的翅膀，缓缓在思想的天地中翱翔。

每天，我们都疲于奔命。我们忙碌的身体，挤不出一点时间思考。我们如影似风，奔波在生存的行列中、竞争的残酷中、推辞不掉的应酬中和勉强应允的承诺中。我们来不及思索，也没有勇气拒绝生命中无法承受的种种牵绊与纠缠。我们无奈地听凭世风日下，时光飞逝。消耗着热情，学会了逢场做戏。愉悦别人，却常常忽视自己内心最真实的精神需求。为了生活本身，我们放弃了不羁的个性，为人处世的原则，如无舵之舟，在生活的旋涡中不停地打转。这时，我们是多么需要独处一会儿啊！

那就来独处一会儿吧。

让我焦躁的心，在独处的快乐中回归沉静。让我发热的大脑，一点点缓缓地降温。让我睁大双眼，认真审视记忆中的点点滴滴。独处时，平静下来的心分外清澈，不再如往昔那样纷乱。我们一定要让自己的心懂得，该拒绝的，一定要敢于拒绝。该坚持的，一定要勇敢坚守。对爱情，我们应该执着追求。对事业，我们可以不懈地努力。最重要的，我们要给自己的未来定下一个明确的目标，这样就有了前进的动力。从此以后，时光便不再虚度，人生会变得无比充实。生活，剔除了繁乱，一切变得井井有条。

独处是人生的需要，仿佛生命的驿站。可以让我们放松心情，让思想得到彻底休整。重新上路时，我们的头脑便会更加清醒，思路更加清晰，脚步也更加有力，足迹也越发坚实。

珍惜独处的时光吧。因为，红尘中，能够宁静地与自己的心相伴，也是一种幸福。

静聆花开

多年前，出嫁前夕，父亲语重心长地与我长谈了一次。他说，经营婚姻是一门学问，要有耐心。他说，你脾气躁，心直口快。到了婆家要收敛，要谦逊，要照顾好全家人的生活。我嫌父亲唠叨，只是嘴里答应着，心里想，哪有那么复杂啊？只要以诚相待，一切都不成问题。父亲看我只是敷衍，并没有听进他的话，轻叹一声，拿出一包树种交给我，说："种下去，聆听花开的声音。"

虽然不懂父亲的心，却也不愿违背父亲的意愿。于是，这包树的种子，就这样跟着我到了新家。那是两种不同的种子。我一种一棵地交错地在窗前种了一排，培土，施肥，期待花开。

幼苗出土，原来一种是山桃花，一种是丁香花。心下不解，这两种树都是只开花不结果的。心有疑惑，便跑去问父亲。父亲一笑，说，你以后就知道了。

又到初春，树开花了。一树桃红，一树浅紫，交相辉映，确实好看。我邀父亲来赏花。父亲微笑地慢慢欣赏，然后问，听到花开的声音了吗？我摇头，没有。父亲说，那是因为你心不静。

那些年，我也确实没法心静。经营婚姻不易，家庭琐事又多。丈夫常年在外，据说有了外遇。婆婆也不是善茬儿，千方百计要将我塑造成她心目中的标准儿媳。我终于明白，一个人，善良真诚都还不够。要一家人都开心，那需要怎样的忍耐啊！那是一种极高的精神境界，是我一时之间达不到的。更何况年幼的孩子需要照料，父母多病，也要我操心。生活的种种压力我必须一力承担，一颗心怎么能不疲惫呢？

虽然尽了最大努力，婚姻依旧宣告解体。随后遭遇下岗，又得为生存而奔走。年复一年，我没有留意到春的到来、花的绽放。窗前的树，每年春天绽放的花，我一再错过。

当人生终于回归平静，我有了赏花的心情之时，父亲，我这一生最亲的人，却离我远去了，永远不再回来。

一个个沉静的夜晚，追思父亲，往事如风一般在眼前浮现。那多年前出嫁前夕的一席长谈，清晰地在耳边回响。

黎明时分，极轻微的声音传入我的耳畔。屏息静听，我的心格外恬静。此时，在一片寂静中，这声音如此清晰，仿佛正在拔节的玉米，轻轻地噼啪一声，又是一声。心说，是山桃花开了。轻轻的噼啪声接二连三传来。心说，是紫丁香开放了。静静地聆听花开的声音，我微笑如花。在心里对父亲说，亲爱的父亲，你在九泉之下可以安眠了，因为今天我终于听到了花开的声音。

终于懂得了父亲的心。这树，只要开花，就足够了。这盛开的花，每一朵都是父亲对我深切的祝福，祝女儿今生快乐无忧，生活得从容自在。多年来，第一次听到花开的声音。想起父亲的话——听不到花开的声音，是因为你的心不静。

清晨，打开窗子，果然看到一树桃红，一树浅紫。望过去，又是一树桃红,一树浅紫。春天,真的来了。

花香盈袖,我眼角凝泪。走过灿烂的青春时光,我终于听到了花开的声音,有了赏花的心情。读懂了父亲的心,懂得了珍惜。

花丛中,我静静地微笑。我在想,也许,就在下一刻,我的生命中,那个与我有缘的人,就会赶来与我相逢。与一个爱我的人一起聆听花开的声音,这,一定也是父亲的心愿吧?

·敲开心门

搬家以后，陌生的环境让我不能适应。

那天，我带着旅游时买来的玫瑰鱼挨家拜访。按对门的门铃，半天才听见有人问：“找谁？”我说：“我是你的对门邻居，来认认门……”里面的人说：“把脸往前凑凑，让我看看你。”我只好照办，把脸凑到门上的小孔前，心里明白，我的脸在对方眼里，一定是变形的。并且目光呆滞，两眼无神，跟影视剧里的坏人相比，真的区别不大。

里面的人说：“嗯，看起来不太像坏人。”说了半天话，门一直没开。我只好失望地上楼，敲其他邻居的门。

很想跟邻居们解释，我不是吃饱撑的没事干，也不是上门推销的业务员，我就是你们的新邻居，来认认门，混个脸熟。希望以后彼此之间，有事多帮忙。但是，这些话，我竟然总也没机会说出口。我的心，彻底凉了。

母亲从乡下来看我，惊奇于邻居之间的不相来往，叹息道：“谁家有事，所有的人都来帮忙，多有人情味儿。”我说，现在，人与人之间就这样，没有办法。母亲问，你尝试过与他们沟通吗？我说，试过了，没用。

你给他们送东西，他们都以为你心怀不轨，有什么坏心呢！母亲说，我试试。我说，你别去了，何必去碰钉子？

母亲不听，硬是去按了对门的门铃。对门的人问："谁啊？"母亲说："我是你的对门邻居。来认认门。玫瑰鱼很新鲜，请你尝尝。"对门的人说："谢谢啊，只是无功不受禄。好东西你留着自己吃吧。"我站在母亲身后，朝母亲做鬼脸。母亲答应着，四下一看，看见他家放在门边的一袋垃圾，就提起来，帮他们倒掉了。

没想到，晚上，对门的门哗地一下敞开了，对门全家人笑盈盈地敲开我家的门，向母亲道谢。那一袋消失的垃圾，感动了他们。他们拿来自家做的红烧肉，请我们吃。母亲拿出玫瑰鱼，请他们品尝。两家人，融洽得仿佛一家人。

这个场面，深深地感动了我。原来，敲开心门，只要你肯付出真诚就可以。

母亲勤快惯了，她那顺手提走的垃圾，却于不经意间打动了邻居的心。

我终于明白，不是邻居们冷漠。我们如果肯真心为邻居着想，那么，敲开对方的心门，其实就是一件很容易的事。

从一到十的万全人生

人生路上，一路走来，总觉得人生很复杂，人心难以捉摸，世间的事常常出人意料。一天，和母亲畅谈人生，觉得人生高深莫测。母亲笑着说，其实人生很简单，从一到十而已。

从一到十？

母亲微笑着一一道来。

一个中心，就是一切以健康为中心。两个基本点，就是遇事潇洒一点，看世糊涂一点。三个忘记，就是要忘记年龄、忘记过去、忘记恩怨。四个拥有，就是说，人生路上一定要拥有真正爱你的人、拥有知心朋友、拥有向上的事业、拥有温暖的住所。五个要，就是要唱、要跳、要美、要笑、要有气质。六个不能，就是不能饿了才吃、不能渴了才喝、不能困了才睡、不能累了才歇、不能病了才检查、不能老了才后悔。七个禁止，就是人生于世，要止于怒、止于愁、止于气、止于怨、止于恨、止于伤感、止于消沉。八个适宜，就是宜静、宜动、宜行、宜乐、宜释放、宜果敢、宜温情、宜大度。九个感谢，就是要心怀感恩、感谢天、感谢地、感谢四季、感谢父母、感谢亲人、感谢朋友、感谢爱人、感谢帮过自己的熟人、感谢帮过自己的陌生人。十个等候，就是要静静地等候孩子长大，长大了他才会懂得父母的辛苦；静静地等候爱人成熟，成熟了他才会懂得两情相守；等候久别的朋友回来，重温友情的美好；等候春回大地，在寒冬风雪骤起的时候；等候幸福花开，每天辛勤浇灌；等候意外的惊喜，以善良的心面对红尘；等候久病的亲人康复，耐心细致予以照顾；等候种种误解消除，时间可以说明一切；等候得到领导重用，用工作能力来证明自己；等候成功的到来，时刻努力上进。

母亲的这番话，我深思良久，认为她说得很对。原来，人生真的很简单。只要你不用别人的错误惩罚自己，只要你拥有豁达的心胸，能够让不愉快的人与事一笑而过，而用心收集人生路上快乐的记忆、温暖的鼓励，那就行了。一句话，善于汲取人生旅途上的“正能量”，同时积极化解那些不利于进步的“负能量”，你的世界自然云淡风轻、清新可爱。你的人生路，自然会一路阳光普照。事业的成功，自然是指日可待。

将母亲的这番话认真地记下来，每天看一遍，心中便烦恼顿消，充满了努力前行的力量。

感谢母亲，将复杂的人生巧妙地转化为从一到十的精妙言论，引导我走出思想的误区，引领我走上人生新的高度，使我深刻地懂得了，从一到十的人生，是人生的至高境界。

人生路上的无限况味

手头的这本《只能陪你一程》，是作家游宇明写的。我读得很轻松。作者用质朴的语言，深入浅出地讲述人生的道理。在忙碌了一天之后，能够静阅这样温暖人心的文字，我觉得无比幸福。

在《你站在哪个“台”》一文中，作者这样写道：“生活如演戏，其舞台也有前台、后台之分。只不过戏剧里的前台、后台是有形的，生活中的前台、后台是无形的。站在前台当然好。即使最终没有进去，在后台做个出类拔萃的人，也不失是一种选择。”细细品味，我认为作者说得很对，言之有理。在人生的舞台上，能够站在台前，光鲜靓丽的人，毕竟是极少数，因为社会本身就是由芸芸众生组成的。如果经过努力也没能登上前台，那就不妨退而求其次，先把后台的工作做好。最重要的是，一定要清楚地了解自身的素质，最终确定自己是坚持走向前台，还是甘于在后台工作。因为，前台虽辉煌无比，被万众瞩目，看上去风光无限，实际上身心承受得更多。而后台，看上去寂寂无名，实际上却有一份难得的从容与自在。所以，人生在世，无论身在前台还是后台，能够从容优雅地生活是最重要的。

在《只能陪你一程》一文中，作者这样写道："是的，你永远只能陪人一程，永远只能参与到他人少数的人生片段中。所以，我们应该珍惜每一个来到你身边的人，珍惜与他们在一起的分分秒秒。我们要学会以自己全部的热情去爱我们的亲人、朋友甚至陌生人……也许，他们曾经对你有过一些或轻或重的伤害，但你永远不要报复他们，而要用自己的真诚去唤醒他们的良知，点燃他们爱的本能。生活反复证明着一个道理：黑夜可以因为篝火的加入变得明亮，冰雪却无法因为寒风的参与化作温暖。"我认真品读这篇文章，感同身受。想起人生路上，每一个阶段，都有朋友陪伴，给我鼓励，催我奋进。而随着时间推移，我与他们相继都失去了联系。我曾努力追寻往事的印迹，千里迢迢去了昔日的单位，找到了曾一起共事的同事和好友。但时过境迁，感觉却如此生疏。曾经的同事与好友，和我已没有了任何共同的话题。多年后的再度相逢，彼此都觉得十分尴尬，无所适从。生活的河，就这样将我与过去隔开。让我深刻地懂得，时光不会倒流，过去的已经过去。这之后，我一路前行，不再回头。过去的，留在心底，是最美的记忆。从此，我懂得了珍惜，珍惜当下与每一个朋友的友谊。当他们因种种原因离我越来越远时，我在心里祝他们幸福。生活的从容，来自心灵的沉静。珍惜所有的过往，对帮助过自己的人心怀感恩，我真的成熟了。我会在友谊盛放时，热情相拥。而在友情淡去时，顺其自然。真的，人世间，曾经拥有，就无比美丽。

懂得珍惜那相伴只一程的幸福，每个人的人生都很美好。

善待生命中的两种人

哲人说，如果你百分之百进入忘我境界，那么你就快乐了。可惜，作为普通人，我做不到这点。随着时光的流逝，我的思索产生了质的飞越。在心里，我终于接纳了一个词：灰色地带。与人交往，在简单的黑与白之间，还应有一块过渡的颜色，那就是灰色地带。

所有来自心灵的痛苦从此迎刃而解，化为阳光下的溪流。有的人，也许曾和我有缘，带给我的心灵温暖。而后因为种种原因，逐渐疏远，却并没有因此而淡出我的生命，依然与我若即若离。

我信奉以直相报。即你对我好，我对你好。你对我淡然，我对你同样淡然。更何况，古人的处世原则也是很好的参照，那就是，君子之交淡如水。

曾经那样热烈碰撞过的心灵，温暖过彼此的心胸。有过那样的过往，而今处之淡然，就是朋友的缘分尽了吧。那么从此后，我祝那曾经的朋友，而今的陌生人过得好——“陌生人，我也为你祝福。愿你有一个灿烂的前程，愿你有情人终成眷属，愿你在尘世获得幸福……”

年已不惑，悟到这些，为时不晚。从此后，我的生命中只有两种人，朋友和陌生人。没有“敌人”，没有仇家，心灵平静。生活中，与你意见相左，那没有什么。人生应该求同存异。与你个性不合，正可以彰显你的广阔心胸。这世上，胸襟开阔、谦逊有加的人受人欢迎，因为这世上本就是海阔凭鱼跃，天高任鸟飞。

我祝那些曾经紧握过我的双手、曾经拥抱过我的灵魂的朋友们，而今依然过得好，生活幸福。熟悉的昨天，早已镌刻于我心深处，成为生命中的永恒记忆。哦，亲爱的陌生人，虽然从此对你不言不语，但在心里，依然时刻关注你，希望你走得顺利、跑得迅捷、飞得更高……

善待那些曾经与我有缘的人，在心里祝福他们生活美好。我也因此得到了彻底的解脱。不再抱怨，亦不再心痛。一颗心宁静温煦，宛若晴空。

生命中的两种人，我都会善待他们。紧握朋友的手，一路前行，朋友是我最珍贵的精神财富。而对于那些曾经有缘、而今无缘的陌生人，我也会以温暖的眼神，关注他们的人生旅程，并随时准备在他们需要的时候，伸出我温暖的双手，帮他们走出逆境，奔向光明的坦途。

第二辑

芬芳的心灵优雅诗意

满目繁华何所依？绮罗散尽人独立。即便手中拥有许多，人们依然担心有一天，一切尽失，只剩自己。其实，将问题想透，也就会明白，人生其实无须太多，很多东西都是心灵的负累。简单地生活，其实是快乐的极致。所有的东西都是身外之物，我们应该充实的是心灵的智慧、思想的深度。一个人，心灵宁静，生活才会平稳。所以，让我们时刻保持心灵的沉静吧。沉静的心，仿佛清澈的湖水，辉映着阳光，无比美丽。

坦然面对你的人生

时光如流，历尽坎坷的我，时常抱怨命运不公，为什么让我连一份平常的生活也过不上。对此，朋友直言，有一天你会感谢人生路上的所有磨难，因为它磨炼了你的意志，让你变得无比坚强，能够笑迎风雨，像海面上骄傲的海燕一样，高高飞翔。

岁月中，历尽磨难的我终于拥有了稳定的生活，过上了有房有车的日子。也才对朋友当初的话，有了深刻的体验。朋友说得对，没有磨难，成功的滋味就不够甜。人就是这样，对轻易到手的东西会看得很轻，而对付出辛苦获得的才会倍加珍惜。

毕淑敏曾这样说过："你不能要求拥有一个没有风暴的人生海洋，因为痛苦和磨难是人生的一部分。一个没有风暴的海洋，那不是海，是泥塘。"

我的心，终于释然。人生路上，我不再抱怨自己为什么总是命运不济，而是真心感谢上苍赐给我的所有苦难，让我的人生变得丰富，精彩纷呈。因为曾经失去，所以更珍惜手中所拥有的一切。因为遭遇失败，所以更加渴望成功。正因为经历过多年动荡不安的生活，此时的我，心如晴空，静谧安详。

很喜欢这首小诗："爱我的，我报以微笑。恨我的，我报以叹息。无论头顶是怎样的天空，我准备承受任何风暴。"

坦然面对你的人生，静静地等待风雨之后的那道美丽彩虹。你的脚步会更坚定，目光会更深邃，思想会更深刻，心灵会更纯洁。

善待自己的最高境界

在人生的旅途上，一路走来，我们需要定期打开行囊，减轻重量，然后继续前进。在这个行囊中，需要珍存的是美好的一切。而应该放弃的就是不快乐的记忆。许多人终其一生，也不肯忘怀他人有意甚或无意中对自己造成的心灵伤害。久而久之，这些就成为精神负担。背负着沉重的心灵负荷，人生岂能快乐。

美国著名的心理学家威廉·詹姆斯说："我们这一代最重大的发现是，人能改变心态，从而改变自己的一生。"的确，人生的成功或失败、幸福或坎坷、快乐或悲伤，有相当一部分是由人自己的心态造成的。

我们可以跨越前进路上的一切障碍，有时却无法摧毁那道厚厚的心墙。人的心态是随时随地可以转化的。一个人心里想的是快乐的事，他就会变得快乐。心里想的是伤心的事，心情就会变得灰暗。

那么，于不断的反思中，学会放下，就是人生的必修课。对自己说，人生于世，只要无愧于心，那么，宁静的生活，就是一个人所能够获得的最好的生活。豁达地生活，忘却那些应该被淡忘的人与事，是一件很快乐的事情。有些人不必怀念，有些人不必理会。人生路上，应该云淡风轻。一切顺其自然,清者自清。

原来,善待自己的最高境界,就是原谅别人。一个人,只有从内心深处原谅了别人,才算是真正地善待自己。

享受阳光下的"微幸福"

"拍照时喜欢露牙齿;旅游纪念品爱摆放在桌上;很享受地读书;喜欢品茶;再忙也要运动;爱收拾自己的小空间;有两个交心的朋友;心里甜蜜地想着一个人;早晨起床后感觉一身轻松;走在路上会突然发笑……"

对照这个幸福规则,我联想到自己。历尽磨难的我终于有了知足的心,有了感恩的心。我甚至感谢自己曾经遭遇到的种种坎坷,让我懂得了珍惜,明白了平平淡淡才是真。

我喜欢旅游,桌上摆满了各式各样的纪念品,闲暇时把玩,何等惬意。

阳台上摆着躺椅,我喜欢在阳光下享受读书的乐趣。流连于文字之间,我微笑如花。

我也常常在音乐中静静地品茶。在水杯里投入两朵干菊花、一块冰糖,看菊花在水中悠然绽放,呷一口,馨香无比。

我喜欢散步,能步行的绝不乘车。清风徐徐,轻松漫步,心情宁静而美好。

我喜欢逛街,十分享受"淘"到可爱的小工艺品时的快乐。喜欢在家里摆放可爱的小物件,玲珑精致。这样的点缀恰到好处,处处透出我对生活的热爱。

有知心的朋友可以交流思想，诉说心事。我的人生，快乐有人分享，烦恼也有人化解。

常常走在路上独自微笑，因为眼前的风景让我深深沉醉。聆听花开的声音，惊喜于四季的不同，我的心情无比美好。

幸福其实很简单。追求的物质越少，心中的快乐就越多。享受阳光下的“微幸福”，人生真的很美丽。

参透人生便是禅

人生路上，一路走来，我有许多难解的问题，关乎心灵，涉及思想，让我困惑不已。随着人生境遇的不断改变，禅意盈心，我有了心得。

什么是禅？禅是佛教禅宗的一种修行方法。参禅悟道，需要人生的大智慧。禅的境界，就是上善若水，真、善、美的至高境界。

一直以来，我顽固地认为，修身养性固然不错，但我绝不可能达到不恨不怨的豁达境界。试想，人生路上，遭遇坎坷，怎么会不怨天尤人？生命里，被人伤害，为什么不去还以颜色、以牙还牙？向敌人示弱，为对手鼓掌，这样的人生岂不是一种懦弱行为？难道好人就是软弱可欺的吗？

一直很欣赏这四句偈语："身是菩提树，心如明镜台。时时勤拂拭，勿使染尘埃。"意思是说，每个人的身体都是一棵觉悟的智慧树，每个人的心灵就像一座明亮的台镜，要时时不断地将它掸拂擦拭，不让它被尘垢污染，遮蔽了光明的本性。直到有一天，读到以下四句偈语，一颗心才突然感悟，原来烦恼都是自己寻找的："菩提本非树，明镜亦非台。本来无一物，何处染尘埃？"菩提原本就没有树，明亮的镜子也并不是台。本来无一物，怎会染上尘埃？这之后，人生所有的难题便都迎刃而解。当心灵变得博大，空灵无物，犹如倒空了的杯子，恬淡安静。那禅精要义，就如奔流的溪水，温暖地流淌，滋润着我的心田，让我的心灵原野郁郁葱葱。

有人问大龙智洪禅师："什么是微妙的禅？"智洪禅师回答："风送水声来枕畔，月移山影到窗前。"空中，梧桐落叶飘零。眼前，萧瑟秋花凝霜。一位秀才问赵州禅师："此情此景，如何感悟人生？"赵州禅师淡淡地说："不雨花犹落，无风絮自飞。"不惑之年的我，沉静地微笑。智洪禅师与赵州禅师的境界，我永远无法企及，但我以自己独特的人生经历，可以不断地接近。

在偈语妙谛中参透禅机，在禅意玄机中觉悟人生。正所谓，泰山不让土壤，故能成其大。江海不择细流，故能成其深。王者不却众庶，故能明其德。

佛说原来怨是亲。纵使别人怨恨我们，我们也要拿他们当自己的亲人，都要感谢他们。为什么呢？因为没有他人制造的种种人生磨难，我们的心就无从提高。心宁静，以致远。人行走于四方，奔波于名利之间。人活着应该是努力让心灵升华，把现实中的名利看淡一些，更值得关心的，应该是你自己的心。人的心灵，若能如莲花与日月，超然平淡，无分别心、取舍心、爱憎心、得失心，那么，便能获得快乐与祥和。一沙一世界，一花一天堂。天下无物不美，但要有一颗欣赏美的心。

红尘中，许多人丧失了甘于平淡的、朴实的心，不再珍惜和感激手中的收获与拥有，不再有一颗丰盈的心。岂知，拥有一颗平常心才能将功名利禄看淡，将胜负成败看透，将毁誉得失看破，才能获得禅宗所说的"平常心"。

佛说，流水下山非有意，片云归洞本无心。人生若得如云水，铁树开花遍地春。水往低处流，云往天上飘，一切都自然和谐地发生，这就是平常心。拥有一颗平常心，人生如行云流水，便是禅悟的心得。

宁静的心，质朴无瑕，回归本真，这便是——参透人生便是禅。

拥有一份美丽心情

古人云："静以修身。"宁静中，你才能聆听到内心深处的声音。恰如智者所言："面对生活的无常与多变，唯有透过内在的包容与豁达，才能平静地超越生死、成败、名利与荣辱。才能真正做到既能笑迎人生路上的风风雨雨，亦能善待生命中的每一个丽日晴空。"

心灵的宁静，是一种超然的境界。正如哲人所说："把尘世的礼物堆积到愚人的脚下吧，请赐给我不受烦扰的心灵。"昼闲人寂，听数声鸟语悠扬，耳根清澈。夜静天高，看繁星点点闪烁，神清气爽。深沉的人就像美丽的花朵，开放时吐露芬芳，收敛时安静如波。山深愈幽，水深愈静。原来，红尘间，真正有学问、有道行的人，真正事业成功、心灵芬芳的人，既不会炫耀，也无意张扬。坚守心灵的芳草地，让人生如繁花绽放，一路风景。懂得了，人生于世，云在青天水在瓶，万事随缘莫强求。人生富贵花间露，红尘名利水上鸥。

红尘中一路走来，我渐渐明白，由一杯水变成了一个湖，其实我的心还不够大。任岁月更迭，在时光的缝隙中穿梭，让心湖汇聚为浩瀚江河，我需要时间。

人生路上，每当遭遇挫折，我都会眼角凝泪，静静地聆听《美丽心情》这首歌："多雨的冬天总算过去，天空微露淡蓝的晴。我在早晨清新的阳光里，看着当时写的日记……"这总让我想起太多的从前与过往。

歌声继续悠扬地响起："原来爱曾给我美丽心情，像一面深邃的风景。那深爱过他却受伤的心，丰富了人生的记忆。当我安安心心地走在明天里，有不后悔美丽的心情……"当泪珠成串地落下，我知道我的心终于得到了解脱。送走了伤感的从前，回归平静的我，会笑迎新一轮灿烂的朝阳。

原来，一首好歌，就是一剂能够治愈心痛的良药。

而今的我，终于如歌中所说的那样，拥有了一份美丽心情。真正学会了放下，懂得了珍惜。时刻感受生活中的点滴快乐，一颗心自由而沉静。

扩充心灵的“兼容性”

家里的电脑坏了。维修人员说，屏幕还能用，主机要换一下。我说，那音箱呢？人家说，音箱也换新的吧。想想也是，用了8年的电脑，音箱的音质很差了，淘汰了算了。

于是，我们一起去了电脑商城，配置了新主机，主机箱也顺便换成了最新式的。音箱换成了低音炮，音质非常好。鼠标、键盘也都换了，焕然一新。我说，好好的品牌机，现在成了兼容机了，也不知兼容性如何？人家说，放心，不兼容怎么用？它一定得兼容。电脑搬回家，网速超快，兼容性良好，我很满意。兼容性这个词，从此在我心里生了根。

这年头，一不留神撞上一个心眼小的，一句话就能把人戗死。我就遇到过这么一位。心浮气躁，眼高手低。有一天，彼此话不投机，他脱口而出，我没法跟你交流，我和你彻底“不兼容”。

我莞尔一笑，对他说，我的包容性极好，我来“兼容”你吧。随后的日子里，我不卑不亢的态度，宁静如水的心境，最终融化了他心头的冰霜。当我们的交往重归正常化之时，我明白，他的心已经具备了良好的兼容性，能够接纳我了。

人生的每一天,我们的心灵都在不断成长。人生路上,总有人比我们强,我们不嫉妒,是为兼容。人生路上,总有人嫉妒我们,我们淡然视之,该干什么干什么,这也是兼容。

有个人总是怨天尤人,心情不好。于是他找高僧解惑。高僧在水杯里放了许多盐。他喝了一口,皱眉说,太咸了。高僧带他去湖边,把那杯水倒进湖中,然后盛了一杯水给他喝,他说,一点也不咸,湖水很清凉。高僧点点头,对他说,人生的痛苦就如同这些盐,有一定数量,既不会多也不会少。我们承受痛苦的容积的大小决定痛苦的程度。所以当你感觉痛苦的时候,就把你承受的容积放大些。不是一杯水,而是一个湖。

人生短暂,我们一生能够涉足的地方实在不多。但我们的心却可以尽情高飞,精神世界可以无限高远、深邃。如果你的心能够盛下五湖四海、大千世界,那么恭喜你,你的心灵"兼容性"极佳,请务必保持。

生命里花香满径

著名作家沈从文，在“文革”期间，陷入了非人的境地。不仅遭到无数次的批斗，每天还要负责打扫历史博物馆的女厕所。随后，古稀之年的他被下放到湖北咸宁接受劳动改造，境遇更加凄惨。因此，曾有人断言，在那难熬的日子里，沈从文一定会精神崩溃，可能会选择自杀，以求一了百了。但实际上，沈从文对此毫不在意。身处逆境时的泰然自若，令人肃然起敬。

他给他的表侄、画家黄永玉写信说：“这儿荷花真好，你若来看，一定会很喜欢的。”这普普通通的一句“荷花真好”，竟使那段苦难的日子飘荡着荷花的芬芳。不患得患失，常心临美境，栽种一株快乐的花朵于心田，那么，无论面临怎样的境地，人生遭逢怎样的磨难，快乐之花都会盛开在心灵的原野上。灵魂的舞姿如花之绰约，美丽而隽永。很难想象，一个人在如此困难，几乎失尽所有的境地里是如何说出这样乐观的话来的。也许答案只有一个，那就是坦然。是坦然之心，让沈从文在面对人生得失时宠辱皆忘。是坦然之心，让沈从文在遭遇挫折时一直保有积极乐观的良好心态。

倘若沈从文没有一颗坦然之心，在被下放到咸宁时已万念俱灰，我们也许就看不到《中国古代服饰研究》这一大气之作了，文学的天空就会因此而失去一颗璀璨的明星。

无独有偶。深受表叔影响的黄永玉，在喧嚣红尘间潜心作画，心灵充实而静谧。阳春三月，杏花开了。黄永玉对沈从文说："三月间杏花开了，下点毛毛雨。白天晚上，远近都是杜鹃叫，哪儿都不想去了！我总想邀一些好朋友远远地来看杏花，听杜鹃叫。"黄永玉问表叔，这样是不是有点小题大做？沈从文微笑着回答："懂了就值了。"

沈从文的话，使黄永玉很受启发。他明白了，心灵的默契，对美的欣赏，与知己一起共度的时光，是人生最快乐的享受。对于不懂的人，又何必相邀？那懂得你的心灵深度的人，一定会欣然赴约。

那一天，阳光正好，心情惬意。叔侄二人相对一笑，一同走进杏花深处，聆听杜鹃声声，无比快乐。

沈从文与黄永玉，一位是著名作家、历史研究学家，堪称博学多才；一位是当代著名画家，除了绘画，还精于篆刻，刀法潇洒出尘，令人叹为观止。两位大师，心灵纯净。精神世界温馨无比，生命里花香满径。

做好今天的事即可

作为中国新文化运动的早期启蒙者，李叔同一生从事各种艺术活动，涉猎文学、音乐、美术、戏剧、金石、书法等各个领域，以其无上的智慧和卓越的才华取得了辉煌的艺术成就。当他阅尽人间的繁华和沧桑，便义无反顾地遁入空门，法号弘一。因为他对人生有着较为透彻的领悟，所以时常有人来找他解惑。

一次，一位远道而来的商人专程来找弘一法师，请求法师为自己除惑解疑，指点方向。他向法师诉苦，说是因为生意失败，损失惨重，恐怕几年内也无法翻身了。他问法师："现在我该怎么办？"

弘一法师耐心地听他说完人生的苦恼，安详地问他："午饭吃过了吗？"

商人点点头说："刚才吃过了。"

弘一法师又问："炊具和餐具可都收拾干净了吗？"

商人说："都已经收拾好了。可你怎么只问我这些不相干的问题呢？我的明天，以及未来，可怎么办呢？"

弘一法师听了，微微一笑，说："你的问题，你刚才已经回答过了啊！"

商人仔细地回想着刚才与弘一法师的对话，但依然觉得万分迷茫。

回到家里，认真琢磨了几天，终于明白了弘一法师的意思。

于是，他又一次专程来拜访弘一法师，说："法师，我明白了。昨天已成过去，只有今天才是最值得珍惜的。一句话，做好今天该做的就很好了。感谢法师，现在我知道该怎么做了。盘下一家店铺，认真经营。一切从头开始，一步一步踏实努力，最终靠自己的力量去摆脱困境，以求东山再起。"

弘一法师点点头，说："你悟性极好，恭喜你。是啊，谁若对昨天的事念念不忘、追悔莫及，他就连明天也一并输掉了。"

是啊，活在当下，做好今天该做的事，明天便充满希望，未来便灿烂光明。

雕刻时光

父亲一生最大的爱好就是雕刻。那些不起眼的小石头，经他的手细细雕琢之后，就变成了一件极其精美的工艺品。每一件石雕他都一一珍藏，但从来不卖。他说，拿不出手，只是刻着玩儿的。

少年时期的我，看着他有空儿就鼓捣他的石头，很有点不屑，说，再怎么整也只是一块石头而已。他郑重地说，不，我赋予它们生命，它们在我手下获得了新生。

青春如花的我，爱上了一个人，陷入甜蜜的初恋中，不能自拔。他看在眼里，急在心上，对我说，爱情确实美好，可人生还有更重要的事去做。我反驳道，谈恋爱难道不是正经事？总比你刻那些哑巴石头强多了！

后来，我失恋了，悲伤像潮水一样袭来，整日泪流满面。他将刻刀递给我，说，要不，我教你刻石吧！我一把推开了他的手，不耐烦地说，我没兴趣，我永远也不会学这个的！

人到中年，一路走来，历尽坎坷。我向他哭诉我的痛苦与烦恼，他一声不吭，好像没听到似的，神情专注地刻他的石头。我委屈无比，说，石头比我的幸福还重要？他说，有一天，如果你能静下心来刻一块石头，那你就快乐了。

10年前，他去世了。留给我的，是一方精致的印章，上面篆刻着四个方方正正的宋体字：雕刻时光。

手捧印章，思绪如潮，往昔的光阴历历在目。此时，我才真正读懂了他，懂得了他的追求、他的快乐，都在一刀一刀的雕刻中。懂得了他的淡泊，他宁静的心，他的宽容与豁达。也终于懂得了他送我这方印章的深刻含义。人生在世，即使遭遇逆境，没人理解自己，独行于风雨中，无人相伴，也要与梦想同行，坚定不移。

那天晚上，手握他留下的刻刀，心灵沉静地雕刻一块硕大的石头。因为一向欣赏莲花的高洁，所以我想雕刻一朵莲花。一刀一刀刻下去，才知道这工程有多么浩大，何等辛苦。将一块顽石雕成精美的石莲，我不知道这工程到底有多么漫长。10年的时间，每一个静谧的夜晚，专注雕刻，我忘却了所有的烦恼，一颗心沉浸在雕刻带来的愉悦与欣喜中。

10年后的一天，终于完工。那美丽的莲花，每一瓣都浸透了我的心血，盛满对父亲的怀念。手捧这美丽的石莲，我终于深刻地懂得了父亲的心。自己倾心雕琢的东西，是这世上无价的珍宝。

雕刻时光，我的心变得宁静安详，不惧怕任何暴风骤雨。雕刻时光，我的心无比辽阔，仿佛丽日晴空，湛蓝无垠。雕刻时光，我更加热爱生活，珍惜生命中的每分每秒。雕刻时光，我懂得了善待自己，学会了认真聆听自己内心的声音。

心临美境

人生于世，烦恼很多。时刻保持一份好心情，谈何容易？

心理学家艾克曼的最新实验表明，一个人总是想象自己进入某种情境，感受某种情绪，结果这种情绪十之八九真会到来。一个故意装作愤怒的实验者，由于“角色”的影响，他的心率和体温会上升。心理研究的这个新发现可以帮助我们有效地摆脱坏心情。其办法就是“心临美境”。例如，一个人在烦恼的时候，可以多回忆愉快的事，还可以用微笑来激励自己。当然，笑要真笑，要尽量多想快乐的事情。高声朗读也有帮助，只是读书时要有表情且要选择能振奋精神而非忧郁之作。一项心理研究显示，心情烦躁的病人带着表情高声朗读后，他们的情绪会大为改善。

影片《美丽人生》中，那个智慧、幽默而乐观的父亲，为了保护儿子的心灵不受伤，在德国纳粹集中营里笑着说：“我们在做游戏，积满1000分，就会有一辆真正的坦克车当作奖励送给我们。”他是个好父亲，就这样引导着幼小的儿子，度过了数年牢狱生活。把痛苦当成游戏，在最黑暗的集中营里笑得那么灿烂，为了让儿子开心，他竭尽全力。虽然随时都可能流血、丧生，但他却以美好的心临美境的态度，随遇而安，给儿子带来欢乐，不让他知道自己其实正处于世上最冷酷、最可怕的地方，这个父亲真的很伟大。

有一位专家，利用几年的时间对48个国家进行调查，调查的课题是关于快乐。结果令人大吃一惊，世界上最快乐的国家是冰岛。

冰岛位于欧洲北部的北大西洋中，离北极圈很近。这样一个阳光稀少、物质贫乏、冰雪覆盖的国家，竟然是世界上最快乐的地方。也许恶劣的气候，艰难的生存环境造就了冰岛人友爱、坦诚、善良的心地。也许快乐的因素各种各样，但至少有一点可以断定，快乐并非建立在物质基础之上。一个人，无论身处何境，只要能够装出一份好心情，那么，随着时光流转，你就真的能够心临美境，天天快乐。

让自己心临美境，是人生的需要。

子贡的追求

孔子的诸多弟子当中，颜回得孔子之道最深，是孔子的得意门生。但是，也许因为出身平民，也许因为全身心投入求道，他经常陷入没钱的困窘状态。贫穷始终伴随着颜回。《雍也》说他“一箪食，一瓢饮，在陋巷，人不堪其忧，回也不改其乐”。这样乐观向上，坚守志趣，固然是好的。但他年仅29岁，头发就全白了，很早就去世了，自然更加可惜。孔子为此叹息道，颜回脾气好，人谦虚，可惜寿命太短了。这么好的人，寿命这么短，经济窘迫是最主要的原因。这里的教训是：学问很重要，身体同样重要。

子贡与颜回正好相反。在孔子的弟子中，子贡最为富裕，是个真正意义上的有钱人。用现在的话说，属于“先富起来”的那拨人。

春秋末期，礼崩乐坏。子贡从事商业活动，不再去找诸侯、大夫建立君臣关系，求得一个准许，或者拿到一张特许经商的条子，他自己就干起来了。因此，子贡应该算是中国历史上第一批自由商人之一。

子贡是怎么发财的呢？很简单，低价购进，高价出售。在不同货物间转换，买进或卖出，以赚取相应的差价。他能准确地预测出商品涨价或降价的时间点，于经商上很有天赋。同时他见多识广。因此，能够做到见微知著，体认市场之“先机”。

发了财的子贡干了些什么呢？他坐着豪华的四驾马车，带着束帛作为礼品，到各国去访问，接受诸侯的宴请。他所访问的国家的君主，对他非常重视。对他平等地行宾主之礼，并且与他相谈甚欢。

他们到底谈了些什么呢？他们主要谈论的是孔子。孔子的为人，孔子的学说，孔子的主张，孔子的思想。孔子的名声之所以能够传遍天下，声名远播，子贡的广泛宣传功不可没。在宣传孔子的思想与学说方面，他有着其他孔子的弟子所没有的优势，就是他有钱。作为有钱的一代儒商，他知道该把钱用在哪里。子贡把自己辛苦赚来的钱用于对老师孔子的宣传上，毫不吝惜。正因如此，孔子实际上并不特别反感他经商，同时还对他另眼相看，说他是自己的弟子当中最聪明的人。

一代儒商子贡，在生意场上是一把好手，同时饱读诗书，志向远大。子贡的追求，使他成为一个相对完美的人。不仅物质丰裕，而且精神丰盈。

把别人的好铭记一生

汉朝的开国功臣韩信，年幼时家里很贫穷，常常衣食无着。他跟哥哥嫂嫂住在一起，靠吃剩饭剩菜过日子。韩信白天帮哥哥干活，晚上刻苦读书。尽管如此，刻薄的嫂嫂还是非常讨厌他。认为读书既耗费了灯油，又没有什么实际用处。终于有一天，觉得他一无是处的嫂嫂把他从家里赶了出去。

韩信为求生存，只好每天去河边钓鱼。钓鱼时，也不忘翻看兵书。不专心钓鱼的结果，就是每天钓到的鱼非常少。时常一条鱼也没钓到，只好挨饿。

有一位每天在河边清洗棉纱的老婆婆，看他读书刻苦，却又总是吃不饱。出于同情，就将每天的午饭匀出一半给他吃。韩信非常感激，对她说："老婆婆，以后我事业成功了，一定会好好报答您的。"老婆婆说："算了，别说那些话了。你看看，你都穷到什么份上了。就你这样子，我可从来没想到有一天你会报答我。"韩信真诚地说："您要相信我，我说话算数。"老婆婆说："好吧，退一万步说，就算有一天你真的发达了，我也早就入土了。反正，你步入辉煌的那一天，我是怎么样也看不到的了。”韩信信心十足地笑着说：“事在人为。只要努力，就会成功。”

熟读兵书的韩信前去投军。先投至霸王项羽的麾下，却没能实现自己的伟大抱负，只当了一个小小的执戟郎中，每天在项羽门前站岗。于是，有一天，韩信悄然离开，转投至刘邦麾下，得到刘邦的重用，被任命为大将军，军事才能得以施展，最终帮助刘邦打败了项羽，成就了自己辉煌的人生。

韩信念念不忘当年的“一饭之恩”，刘邦建立汉朝不久，韩信被封为楚王。衣锦还乡的韩信，四处寻找当年的那位老婆婆。有一天，终于找到了她。他拿出千金，请老婆婆收下，以感谢当年的帮助。老婆婆怎么也不肯收，说：“当年是出于好心，看你饿着肚子读书太可怜了，所以接济你，不求任何报答。”韩信说：“如果不是因为当年您的接济，我绝不会有今天的成功。所以，请您一定要收下。”韩信的诚意感动了老婆婆，老婆婆最终收下了千金的谢礼。

韩信觉得老婆婆年纪大了，身边却无人照顾，终是不妥。于是，有一天，韩信又专程去了一趟老婆婆家，对她说：“您年纪大了，就当我是您的儿子吧！我今天特意过来接您回家，跟我一起住，我愿意为您养老送终。”老婆婆真的很孤单，家人早逝，只剩下自己一个人。闻言，感动得流下泪来，拉着韩信的手，连声说好。于是，韩信便带老婆婆一同回到王府，像对待自己的亲生母亲一样，真心孝敬老婆婆，直到她去世为止。

别人的好，韩信铭记了一生。

济困、报恩，都是中华民族的传统美德。也因此，守信、践诺、知恩图报的韩信，令人赞叹。韩信报恩的故事告诉我们，守信乃为人之根本，立足天下应以诚心为本。正所谓，精诚所至，金石为开。

第三辑

磨难与沧桑是走向成功的基石

每个人都希望人生顺利，人生路上风光无限，成功不费气力。而实际上，只有极少数人有这样的际遇。人生路上，有人帮你，是你的幸运。无人帮你，是公正的命运。面对坎坷，你别无选择，只能迎头而上，走过艰辛，登上成功的山峰。成功之时，你回首往昔，会懂得磨难是人生的试金石，沧桑是生命的必经路。生命旅途中每一次失败的过往，都无言地述说着走向成功的艰辛过程。唯有付出全部努力，最终赢得的成功，才会令我们懂得珍惜，感到光荣。

不要预支明天的烦恼

人生是什么？它不是浪漫的抒情诗，不是优美的小夜曲。它是阳光与风雨的搏击，它是欢乐与痛苦的交替，它是穿越不尽的烦恼荒漠。因此，19世纪伟大的思想家叔本华说："一切生命的本质就是苦恼。人生实如钟摆，在痛苦与倦怠之间摆动。"无论你身处顺境或逆境，无论你是学者还是平民，都逃不脱烦恼的追捕。

人生中，不如意事十之八九。梦想与现实总有一段距离。俗话说，人无远虑，必有近忧。现实生活中，总有这样的一些人，他们终日为自己的明天而忧虑不安。明天生了重病怎么办？明天遭遇意外怎么办？每天想到这些，无不使自己感到压力重重。

有这样一个故事。

寺庙中有个小和尚，每天早上负责清扫院子里的落叶。在寒冷的清晨，起床清扫落叶实在是一件苦差事。尤其在深秋时节，每一次起风时，树叶总随风飞舞落下。

为了能够一次扫完所有的落叶，他便使劲摇动院中的大树。果然，一时间，树上的叶子掉落了许多。他开心地清扫完毕后，心想，以后再也不会有落叶了。

第二天清早，当他起床来到院中一看，立刻傻眼了，因为地上依然满是落叶。老和尚走过来，意味深长地对他说："傻孩子，无论你今天怎样用力摇，明天的落叶还会飘下来啊！"

确实，生活中，我们也常像小和尚一样，企图把人生路上的烦恼都提前解决掉，以便将来过得更好、更自在，活得无忧无虑。而实际上，很多事是无法提前完成的。过早地为将来担忧，除于事无补外，只能让你活得很累、很无奈，也会让自己觉得非常失败。

不要预支明天的烦恼，就能使自己过得轻松、有诗意。哈里伯顿说："怀着忧愁上床，就是背负着包袱睡觉。"

不要预支明天的烦恼，不用想早一点解决掉明天的烦恼。明天如果有烦恼，你今天是无法解决的。每一天都有每一天的人生功课要交，努力做好今天的功课再说吧！

最好什么也不问

朋友不小心摔了一跤，住进了医院，我立刻炖了鸡汤去看望。

朋友病房里的两个年轻人，一个右手没了，默默地躺在床上想心事。另一个长得很帅，可惜左腿没了。女朋友来看他，给他买了新衬衫。

这时，来了一个中年女人。推门进来，大大咧咧，声音很大，在找一个病人。她喊着病人的名字，把病房里的人一一看过，全都不是她要找的人。按理说她应该转身离开的，但她看到那两个年轻人，立刻来了兴趣。凑到右手缺失的年轻人床边，大声感叹道："哎呀，年纪轻轻手就没了啊！你怎么搞的，车工是吧？我们那里也有个小伙子不小心，干活的时候把手弄没了。这以后怎么生活啊？"

年轻人嫌她话多，翻了个身，背对着她。可她还在继续发感慨："你叫什么名字？多大了？有对象吗？要不我帮你找个对象吧。姑娘人长得漂亮，就是脑子不太好使……"年轻人干脆用被子蒙住头，一句也不听。

她站起身，又走到左腿缺失的年轻人床边，感叹道："哎呀，怎么少了一条腿啊？你也太不小心了。这以后的生活……"又对着人家的女朋友大发感慨："姑娘长得不错，可惜了……"小伙子一句话不说，拄着双拐就出去了。姑娘上前搀扶着小伙子，一起出去了。连讨了两个没趣儿，她才走开。

朋友要休息了，我就离开了。走在医院的院子里，迎面正好碰上那一对年轻的情侣。我对姑娘笑了笑，对她伸出大拇指，用手势表示我对她的敬佩。随后，我轻轻拍拍小伙子的肩膀，把一只手握成拳，对他晃了晃。这是一个坚持的手势，他看懂了。

姑娘微微对我点点头，小伙子则笑得很灿烂。两个人的手紧紧地握在一起，眼神同样坚定。随后，两个人朝我挥挥手，走进了住院部的大楼。

我知道我做得很对。什么也不用说，一个手势，就代表了所有含义。不要问他们将来如何生活，那是他们自己的事儿。

有很多时候，最好什么也不问，就是对他人最大的尊重。

· 何必吝惜一点掌声

每天上下班，都要走过那座人行天桥。每天匆匆来去，耳边都会飘过一阵悠扬的乐曲声。但我太忙了，顾不上顾盼左右，寻找那一缕风中传送的旋律。和每个忙碌的都市人一样，为了生存，我每天都拼尽了全力。所以，每天傍晚走过天桥时，身心疲惫得连转一下头的欲望都没有了。

冬日黄昏，雪下得很大。累了一天的我，缓缓地走上天桥。那个传送旋律的人，就坐在天桥转弯处。穿一件大衣，戴一副墨镜，无视风雪的存在，一心一意地拉着二胡。

他拉的是《赛马》。乐曲欢快，弦子上下跳跃。第一次，我完整地听完了整首曲子。眼前，清晰地浮现出多年前在青青草原，那达慕盛会上看到的情景。蓝天白云，矫健的蒙古汉子，热情的蒙古姑娘，旋转的裙子，灿烂的笑脸……啊，辽阔的草原，悠远的牧歌，是我一直向往的地方。

心中惭愧地想，每天匆匆来去，却疏忽了他，一个肯为城市送上清新的草原晨风的人哪！默默地站在他面前，怀着深深的感谢之心，我把10元钱放在地上。正想转身离去，他开口了：“哦，你一定弄错了，我不是乞丐。”我愣住了:“哦,对不起。那你在这里……”我没有说下去,我怕伤了他的自尊心。

他没有直接回答我的问话,却着急地反问我:“你说,这曲子好听吗?”我由衷地回答:“好听,真的。我去过内蒙古,只一次。但一次便让我爱上了草原。谢谢你,这动听的旋律让我的心插上了翅膀,我仿佛又回到了那里。谢谢。”他激动地说:“知己难寻啊!”我问他:“那你在这里,是想……”

他不好意思地笑笑说:“噢,我是音乐学院的学生。可我生性胆小,一直不敢在舞台上独奏。为了练胆,我便有空儿就在这儿,只为练胆……”我也笑了:“那我明白了,为什么傍晚时分你还戴墨镜了。我能帮你什么呢?”“如果你觉得我拉得不错,就给我一点掌声吧!”

我真心为他鼓掌。他兴奋地说:“谢谢,这是第一次有人为我鼓掌。”我说:“你前程远大,好好拉吧!”

走下天桥,我心情好极了。帮助别人,无论事情大小,自己都是很快乐的。只是有一个问题我想不明白,这繁华城市里,人是那么多,而这个年轻人需要的不多,不过是一点掌声,可为什么今天才得到呢?人们再忙,也不应该吝惜一点掌声吧?

·与书相拥

人生路上，历尽坎坷。一无所有时，我对自己说，你很幸福，至少你还有书可读。沧桑岁月，时光如流。心中常有困惑，便阅读求解。对我来说，书是我最好的朋友，沉默而谦逊。年已不惑的我，多年来，无论身居何处，居家还是外出，身边一定至少要有一本书相伴。枕边灯下，与书相偎，静谧而快乐。旅途之中，与书相依，人生就不孤单。也正因此，无论身处何境，我都能够从容享受读书的乐趣。因为读书是博览知识群峰时的惬意享受，是静拥一窗山海的真挚情怀。一卷在手，我的内心无比温馨。“人可一日无食，但不可一日无书。一日无书，百事荒芜。”明代李诩的这句话，说明他本人一定是个“书痴”。但如果读书时只有“宁可三日无肉，不可一日无书”的信条，而未能用生命、用心灵去读，就会致使许多诗意的美丽积淀成黯然的凝重，致使不知怎么装订人生这部大书，便会成为难以挽回的扼腕之悔。所以，用心读书，乃是读书的至高境界。

春雨潇潇，耳畔雨声淅沥。夜读《唐诗宋词鉴赏辞典》，一颗心诗意而温雅。“枝间新绿一重重，小蕾深藏数点红。爱惜芳心莫轻吐，且教桃李闹春风。”好诗隽永，教我懂得高调做事、低调做人。

烈日当空，绿荫下从容阅读。捧读《消闲四品》，与沈从文、林语堂、周作人、丰子恺等名家轻松对话，默契微笑，足可解暑，忘却炎热。

金秋时节，枫叶满天。捧读于丹的《庄子心得》，心中豁然开朗。心灵深处的逍遥境界，每个人都很向往。感谢于丹，让我的思考更深入、思想更澄明。她用诗意盎然的语言，深入浅出地讲述人生道理。她以独特的方式来解读博大精深的古代思想文明，让我的心得以穿越时光，与古代的哲人相逢。

白雪飘飘的冬夜，捧读《鲁迅全集》，感受先生思想的博大。忧思之深，爱之痛切。斗士的果敢，思想者的孤独。先生的作品，令人回味。犹如青橄榄，含在口中，须耐心慢慢品味，才会于苦涩中品味到一缕甘香。

除此之外，《红楼梦》我是百看不厌的。每次阅读，都有新鲜体会。人生路上，世态炎凉，让我对书中的故事感同身受，有了心灵默契。

枕边放着张海迪的《绝顶》，每遇艰辛，便会阅读，它让我意志坚定。书中以独特的视角描述了不畏艰险、勇于攀登的登山者十年如一日的求索历程，表达了登山者的博大胸怀、宽广气度和高尚情操。

捧读伏尼契的《牛虻》，令我精神振奋。每遇挫折，就阅读它一次，可以振奋精神。作品通过牛虻一生的身世和遭遇，塑造了一个坚定不移的青年革命者的形象。手握这样一本好书，我心中充满前进的力量。

年已不惑，从喧嚣红尘中一路走来，我的精神世界生机盎然。与书相拥，人生路上我一路高歌，信念坚定，意志顽强。与书相拥，人生路上春暖花开，繁花似锦。与书相拥，一步步走向成功，我更加热爱生活，懂得珍惜。与书相拥，便是惬意地静拥那一缕温暖灵魂的阳光，我很幸福。

·感谢伤害

人生路上，历尽沧桑。在经受了无数伤害后，我有了感恩的心。

感谢那个在婚姻中伤害了我多年的人。感谢他的伤害，让我更加明白爱的真谛。感谢他坚决分手的决定，让我重新获得选择生活伴侣的权利。人生就是这样，上帝给你关上一道门，就会在别处为你打开一扇窗。

感谢那个曾对我恶语相加的文友。如果没有他的直言，我根本不会知道，我在他心中，原来有着很多的缺点与不足之处。因为跟我来往的人，对我都那么客气，总是在不停地夸奖我。所以，我的生命中，真的很需要这样一个人的存在，狠狠地骂我一顿，让我知道自己并不优秀，也不出色并且毛病很多，需要改进。

感谢那个曾与我网恋过的诗人，给了我那么多美好岁月可以追忆，使我能够在丽日晴空下浪漫地思念他。爱，并没有错。相遇并非偶然，分手也不是结束。这世上，有一个值得思念的人，也是一种幸福。

感谢人生路上曾经伤害过我的人们，让我在岁月的磨砺中不断成长，走向成熟。让我更加热爱生活，爱每一个属于自己的快乐日子。感谢曾经的伤害，让我变得豁达，只想收集记忆中的快乐，而宽宏地忘却种种来自心灵深处的痛楚、伤害。

感谢所有伤害过我的人们，让我对人生充满信心。那每一道经受过伤害的痕迹，都是我走向成熟的真实证明。我像一株枝繁叶茂的参天大树，接受蓝天白云的关注，接受清风明月的爱抚，更欢迎狂风暴雨、严寒酷暑，催我坚强、促我强壮。

不再逃避伤害，如果这伤害是不可避免的，我愿意坦然面对。脸上，微笑如花。

感谢所有伤害过我的人们，使我不再惧怕伤害，有了承受苦难的力量，以及走过困境的决心。平静地走在人生旅途上，看人生四季，美丽如画。

感谢所有伤害过我的人们，使我的境界更加高远，理想更加坚定，个性愈加质朴，更加珍惜人世间每一个温暖我心的瞬间。

亲爱的朋友，请感谢那个曾经伤害过你的人吧！因为，唯有这真心的感谢，表明你成熟而坚强的心，经得起人生路上的任何风暴。

幸福真的很便宜

一向认为幸福是件很奢侈的事，一向认为手头有大额存款，能住上豪华别墅，才算是真正拥有了幸福。一向认为幸福不应只是一个虚无的名词，必须通过丰厚的物质储备来体现。幸福像鱼，要得到它，你至少得买把钓竿，备点鱼食吧？幸福如鸟，要获得它，至少你得编织一个鸟笼吧？所以我一向认为，幸福不仅有价，而且很贵。

为了拥有幸福，我曾拼命地努力过。为了能住上大房子，我舍弃了所有休假，把家安在了办公室，只为了多挣加班费。直到有一天胃病发作，不得不动手术为止。随后倒霉的事接踵而来，我离婚了、下岗了。没有钱，只好寄居在娘家，终日以泪洗面。为了生存，我什么都干。曾经给人当保姆，晚上还去夜市摆地摊。曾经在饭馆打杂，因为不停地洗碗，两手不断地脱皮……

在那人生的低谷，我曾痴痴盼望，有一天不再为衣食奔波。当我卧病在床，母亲端来一碗鸡汤，一勺勺地喂进我嘴里时，当我听母亲柔声说："孩子，只要活着，一切都有希望"时，两行幸福的热泪涌出，我才深切地意识到，幸福其实很简单。作为女儿，能享受到母亲的关爱，就是幸福的。

如今,走出了人生的困境,才真正明白了,幸福其实就在我身边。对一个普通人来说,能做自己想做的事情,就是幸福的。能过自己想过的生活,就是幸福的。能与亲人团聚,就是幸福的。能与心爱的人牵手走进婚姻殿堂,就是幸福的。能与儿女同享天伦之乐,就是幸福的……

幸福真的很便宜。对落难的人来讲,看到远方驶来的船只,就会涌出激动的泪水。对失业的人来讲,找到一份工作,会加倍珍惜。对遭受挫折的人来讲,永不放弃,就会看到成功的曙光。对沦落他乡的人来讲,遇到故乡的亲人,就是人生乐事。而这一切,都不需要多大的投资。

幸福真的很便宜。雪中得炭,雨中有伞。饿时有一碗能够充饥的饭,冷时有一件可以御寒的衣,生病时有人精心照料,那就是莫大的幸福。

幸福真的很便宜。房子够住就行,钱够花就行,衣服够穿就行,工作开心就行,父母健在就行,亲人平安就行。一句话,最幸福的生活其实就是最平常的生活。一个人,有小小蜗居可以栖身,有二三知己可以小聚,家中有花鸟鱼虫可以怡情,枕边有音乐书籍可以养性。白天认真地去工作,晚上平静地进入梦乡,这就是极大的幸福。

幸福真的很便宜。只要拥有一颗知足常乐的心,幸福就会陪伴着你。

提醒快乐

人们喜欢收藏快乐的记忆,却在快乐降临之时,忽略它带来的芬芳气息。红尘间,人们的生活节奏不断加快。常常地,我们每天都在不停地忙碌,从这个车站奔向那个车站,从这个城市赶赴那个城市。这个聚会没有完,就已经在预约下一个聚会了。在这样的匆忙中,快乐如流星一般一闪即逝。我们刚看到它的身影,就已被暮色笼罩。

快乐是温暖的。久旱逢甘霖,他乡遇故知。困难时有友人相助,艰辛时幸运突然降临。远方的游子,看见故乡的炊烟。久别的亲人,向我们张开双臂……每一次的经历,都温暖着我们的心。

快乐是珍贵的。很多的时候,我们想快乐,可我们做不到。我们有太多的事要操心,琐碎的事务将我们的心切割成碎片。我们永不休止,在生活的战场上不停地拼杀。有太多的责任,要我们背负,让我们无法止步。我们生活在今天,却关注着明天,盘算着后天……于是,在我们心中,快乐仿若钻石,不仅有质感,而且相当珍稀。

快乐的人没有鞋子。快乐的人也不会开错窗户。快乐的人不会守着自己的小小蜗居,只为自己的温饱去奋斗。快乐的人会伸出双手去拥抱世界。会在别人有难时,无私地给予援助。会在别人成功时,真心地鼓掌喝彩。快乐的人会为失意者送上鼓励,为失败者指明方向,为失望的人带去信心。快乐的人永远葆有一颗纯洁的童心。即使风雨交加,依然坚定地前行。

快乐其实不需刻意寻找,它就在生活中时隐时现。快乐是一种心境。你觉得自己是快乐的,那你就是快乐的。快乐的人脸上没贴标签,但绝对与众不同。面对困境,甚至绝境,快乐的人所表现的,就是乐观。

珍惜快乐,就是时刻保有一颗快乐的心。是的,相聚之后就是别离,那一定是伤感的。是的,成功之后将会被人遗忘,但那又有什么关系?一首动听的歌,哪怕绕梁三日,也一定会有彻底消失的时候,我们尽情地享受聆听的过程就好。

提醒快乐,那些忧郁的日子,也变得生动起来。提醒快乐,那些伤心的日子,也变得明媚起来。提醒快乐,那些艰辛的日子,也变得难忘起来。

快乐无所不在。它像清澈的山泉,在我们的生命中静悄悄地流淌。哪怕只有陋室一间,快乐也会不请自来。哪怕你一无所有,快乐也愿意与你相伴一生。

朴素的成功

从小我就抱怨命运不公。为什么别的小孩有洋娃娃，我却没有？为什么别的小孩子可以穿漂亮的花裙子，我却没有？为什么别的孩子过生日可以吃蛋糕，而我只能得到两个煮鸡蛋？父亲无奈地苦笑着说，谁让你托生到咱这个穷家来了呢？

是啊，穷，从小就与我息息相关，让我变得倔强，有了志气。人生的路上一路走来，坎坷相随，泪眼迷蒙。当我有了工作，有了收入，却又在抱怨工资为什么那么低？上班只能挤公共汽车。父亲说，出生不能选择，婚姻却是可以选择的。你嫁个有钱人吧，每天不用工作，天天享清福。

机会来了，可我轻易错过了。我问自己，爱情重要还是财富重要？

我最终选择了爱情，选择了与相爱的人一起奋斗。然而艰辛在继续。在奋斗的路上，曾经的缘分失去，婚姻最终解体。而父亲，这世上最爱我的人也辞世了。生活的严酷让我来不及叹息，因为我要养活儿子。

当岁月如流，一天天过去，我终于过上安定的生活之后，渐渐长大的儿子却对我们的生活现状颇有怨言。他说，你太安于现状，满足于目前的生活了。你要往前看，才有奋斗的劲头。

这让我想了许多。

诚然，我当然也希望有一天能拥有别墅、汽车，能去世界各地旅行，尽尝各地美食。我当然也希望有一天手头有花不完的钱，让我不再为未来操心。可是，茫茫人海，芸芸众生，奇迹难以发生，平凡的人们依然要为生活忙碌。

终于读懂了父亲，读懂了母亲，我也就读懂了自己。那就是，一夜暴富只是神话，普通人的幸福就是居有屋、饥有食、渴有水、寒有衣。房子再多，你只需一方屋顶遮蔽风雨。面积再大，你也只需一张床就能安睡。一个普通人，能够在现实生活里从容生活，人生已经很充实了。

敬重的情怀油然而生。我敬佩父亲，用微薄的工资养活了全家人，并供四个子女读书。我敬重母亲，当父亲去世后，平静地一个人生活，一切自理，不让我们做子女的操心。她常说，我现在能够做到的，就是尽量不给你们添麻烦，你们忙你们的去吧。而更加触动我灵魂的，是给我送信的邮递员。风里来，雨里去，不抱怨，微笑着面对每个客户，工作多年却没有一次送错信的记录，连年被评为先进工作者。

我深深地被身边的这些人所感动着。我明白，人生有轰轰烈烈的成功，一夜成名的明星也是有的。但红尘中，更多的却是如我的亲人和朋友那样的人，那是一种朴素的成功。并不张扬于世，平静而恬淡。平凡的工作，数年如一日没出差错，那也是不凡的成功。在生活的激流中，不迷失自我，一直向理想奋进的人，本身就是成功者。朴素的成功更可贵，因为这种成功不容易，要拒绝红尘的诱惑，坚守内心的平静，追求精神的充实，拥有广阔的胸怀。

朴素的成功，没有鲜花与掌声，没有万众瞩目的荣耀，但它一样令人骄傲。朴素的成功，就是保守纯洁的心、不变的追求，乐观向上。这样的一种成功，需要时间来验证。我相信，我的儿子，在不久的将来，一定会懂得一个普通人的平凡生活其实是最幸福的生活。他一定会懂得拥有朴素的成功，人生的路才会更宽广。

人生只能靠自己

网上有位文友,文笔好,但境遇差。大专毕业后,踌躇满志,想要大展宏图的他,刚好遇到某保险公司招收员工。他就打消了去报社当记者的念头,去了据说会有大好前途的保险公司。那里是靠业绩说话的。一连3个月,他连一单保险也没拉到,只好狼狈离开。之后他就怕了业务员这个称呼,因为他知道推广业务有多难。在家赋闲总不是个事儿,母亲出钱开了个小茶馆,一天收入十几块钱。大专虽然毕业,但他仍欠学费若干。我被他的经历打动,同情心陡生,网上聊天时,我问他,我借你500元钱吧,你应个急。没想到他答,你若真心想借给我钱,就借我700元吧。我一听,愣住了。彼此只是网友,聊过几次天而已,一面之缘都没有,就这样直接地张口借钱,让我心里别有一番滋味。

想来想去,终究是没有借钱给他。后来听说他曾两次借钱去参加杂志社举办的笔会,在笔会上向每个人借钱,多则几百元,少则几十元。他的口头禅是,你说你能借给我多少钱吧?有多少借多少吧!

几年过去,我把他淡忘了。没想到,某一天,在一家文学网站,我与他不期而遇。他说他写了篇散文,让我一定去看看。我就抱着欣赏美文的心态去看了。一看之下，一切都明白了。这是求援信，信中详述了他这几年的经历，写得非常详细。原来这几年他过得依然不好，被人骗到贵州搞传销，连回家的路费都没有。还是好心人凑了路费给他，才得以脱身，返回家乡。他说明天有两笔钱一定要还，每笔1000元，是他的好朋友借给他的。他说，几年来，他借了好多人的钱，一分钱也没还。现在母亲与他同住，茶馆早关门了，房租欠了两个月了。他说他一直在找工作，但就是找不到。最后他呼吁好心人给他借钱，他有了钱一定还的。

说实话，看完他的这篇求救的文章，我心里立刻就有一个念头出现。幸亏当时没借给他钱，原来他至今没给任何一个人还过一分钱。我真的就是这么想的。我猜想所有看过此文的人，借给他钱的，会懊悔自己当时的冲动，因为同情心泛滥。没借钱给他的，会暗叫一声，真侥幸，幸亏当时没借给他钱，否则就是肉包子打狗，别做他会还钱的美梦了。

我不想说他在网上骗钱，只借不还，还想再借。人心向善，谁也不是坏人。因生活所迫，需要钱来渡过难关，可以理解。可是，一个人，一时坎坷，谁都难免。可是一直坎坷，就有问题。我想这位网上的文友，可能是对现实真的无可奈何，所以屡次伸手向网友借钱。可是，明眼人一眼就看出，他的思想如果不独立，灵魂就将永远卑微。人格不完善，只想依靠别人，只能让别人看不起。精神站着，人才不会倒下。一个人，想要生存，一定会想尽办法，让自己走向光明，拥有灿烂的未来。所以，我想对他说，人生只能靠自己。从明天起，做一个自立的人，一步一步，踏踏实实地努力，一定能走出人生的困境。如果不肯前行，只会哭诉，那你永远也看不到成功的曙光。

租借来的人生

小时候,总想快快长大,仿佛日子长得没有尽头。总觉得反正人生是自己的,生命是自己的,时间也是自己的,浪费一点儿无所谓。

而今,人到中年,回头望去,才真实地觉得岁月如梭,时光流转,时间流逝得太快。并且逐渐对自己先前一直坚信不疑的想法有了怀疑:人生如果真的是自己的,何以我总觉得无力把握?生命如果真的是属于自己的,何以我不能长生不老?时间如果真的是自己的,又何以流逝匆匆,挽留不住它离去的脚步?

当父亲撒手西去,弥留中连一句话都来不及说的时候,我突然觉得生命是何等的脆弱与短暂。我才猛然明白,我们每个人的人生,其实并不属于我们自身,那是向死神租借来的,最终是要偿还的。我默默地想,不管你是否意识到这一点,冥冥中死神都在聚精会神地注视着你,计算你归还人生的时间。真的,面对死神,我们无力抗拒。哭泣也罢,诅咒也罢,抗议也罢,借来的东西总要归还的。

既然我们所能够把握的,只有这一生。那么,所谓积极的人生,也就是珍惜自己这一生的时光。在有限的生命里,把想要做的事,想要达到的目标，想要追求的梦想，想要成功的事业一一完成，并且尽量做得完美，不留遗憾。面对匆匆逝去的光阴，我们只能选择这样的方式使生命充实、人生丰盈。

一位教授曾做过这样一个实验：当一个瓶子里装了一大半小石子时，最大的一块就怎么也装不进去了。教授对他的学生说，这个瓶子就是人生的全部空间，要想把大石块放进去，就必须一开始就放。如果等到小石子，即生活中所有的琐屑小事几乎将瓶子塞满的时候，那块最大的石头，即你今生最想达到的目标，也就不可能装进去了。瓶子没有空间了。也就是说，你没有足够的时间了。

是的，面对死神，面对我们租借来的人生，我们所能够做到的，只有一点，那就是抓紧时间，去实现人生的最高目标，去完成今生最大的心愿。

时间不多，租借来的东西总要物归原主。那就让我们从现在开始，认真地把生命中的大石块放入那个人生的瓶子里去吧！

装出一份好心情

有个年轻人在“肯德基”工作。这家世界有名的西式快餐店有一句家喻户晓的响亮口号——微笑免费。在这里工作的年轻人，每天都必须面带微笑为顾客服务。哪怕你有万千烦恼，心怀伤感，也必须面带微笑，给顾客以如沐春风之感。

有一天，这个年轻人因为失恋，眉头紧锁，微笑极其勉强，被店里解雇了。他不服气地申辩说，谁家里没点不快的事？店长说，你这话说得对，家家都有一本难念的经。但问题是就算你家中有事，让你不快乐，你也应该装出一份好心情来面对顾客啊！顾客花钱消费，我们提供的除了美食，更重要的是还免费提供轻松的氛围，你懂吗？年轻人哑口无言，羞惭地离去。后来，再次求职时，他真诚的微笑打动了招聘方，他有了一份更适合自己的工作。

一次，应邀访美的一位国内的知名女作家，在纽约街头遇见一位卖花的老太太。这位老太太穿着相当破旧，身体看上去很虚弱。但脸上满是喜悦。女作家挑了一朵花说，你看起来很高兴。老太太答道，为什么不呢？一切都这么美好。

女作家说，你很能承受烦恼。然而，老太太的回答令女作家大吃一惊。她说，耶稣在星期五被钉在十字架上的时候，那是全世界最糟糕的一天。可三天后就是复活节，耶稣得以重生。所以，当我遭遇不幸时，就会耐心地等待三天，一切就恢复正常了。

在等待幸福回归的三天里，装出一份好心情，依然快乐地热爱生活，微笑盈盈，善待身边的每一个人，那就是对自己最大的善待，是对自己的心灵最好的呵护。

装出一份好心情，随着时光流转，你就真的能够拥有一份好心情了。

淡泊从容的人生境界

钱锺书是当代著名的学者和作家。他的著述，如广为传播的《谈艺录》《管锥编》《围城》等，均已成为20世纪重要的学术和文学经典。他博学多才，学贯中西，在文学创作和学术研究方面均取得了卓越成绩。他非常珍惜时间，醉心于读书与写作，专心致志。他一生极少拜访别人，尤其是名人。用他的话说就是："即使司马迁、韩愈住隔壁，也恕不拜访！"

一位读者读了他的《围城》后，对他崇拜有加，特别想拜访他，想看看写这本书的人长得到底是什么样子。他知道后，托人带话给那位"铁杆粉丝"："如果你吃了一枚鸡蛋，觉得味道很好，那也没必要一定要去见下蛋的母鸡啊！"当他得知有关方面正积极筹办他的80寿诞时，他立刻推辞说："不要为了我，花一些不明不白的钱，请一些不三不四的人，说一些不痛不痒的话。"前些年中央电视台《东方之子》栏目，几次请他出镜都被他婉拒了。1991年，全国18家电视台联合拍摄《中国当代文化名人》节目，他为首批36人之一，并可获得一笔相当丰厚的酬金。他淡然一笑，婉言谢绝："我姓了一辈子钱，难道还迷恋钱吗？"

他潜心读书研究，乐在其中。闭门谢客，谁也不见。因此，有人说他故作高深，故弄玄虚，刻意制造神秘感，其实这全是俗人的无聊猜测而已。实际上他之所以能够有所建树，就是因为惜时如金，不肯虚掷光阴。

淡泊名利的他，甚至拒绝国宴。好友委婉地问他：“直接拒绝总不好吧。要不，我就说你身体不好，没法出席好吗？”他则摆摆手，直率地说：“你看，我身体很好啊。我就是不去，不去！”

许多人称他为天才，而他取得的成就却雄辩地说明：珍惜时间，勤奋努力，才是成为天才的真正必要条件。

1998年12月19日，88岁高龄的钱锺书永远地离开了我们。遵从他的遗愿，后事一切从简，遗体由二三亲人护送，不举行任何悼念仪式。一代才子，两袖清风。他为世人留下了辉煌的文学艺术与文化学术著作，自己却连一捧骨灰也不曾保留。但也正因如此，他是不朽的。他的音容笑貌、崇高品质和等身著作将永远留存于天地之间，放射出永恒耀眼的光芒。

第四辑

岁月如歌亦如诗

曾听过这样一个故事。一个画家，为了画好竹子，天天在院子里观竹。院子里的竹子极多，他认真地一株株观看。有人说，竹子都长得一个样儿，用得着那么仔细地看吗？他答，不一样，每根竹子都各有风采。当他展开画纸，胸有成竹，一气呵成，下笔犹如神助，笔下的竹子各具特色，栩栩如生，令人赞叹不已。原来，愿意坚守寂寞的人，才能画出世上最美的画。

人生如茶

午后，捧书在手，心中就有了诗意的遐想。要是再有一壶茶，吟诗品茗，人生就堪称完美了。于是，起身搜寻。于橱柜中，惊喜地发现一套精致温婉的紫砂茶具。

屏住呼吸，打量典雅的包装盒，拂去轻尘，静静地打开，小心翼翼地拿出一只不大的茶壶，四只小小的茶杯。让人惊喜的是，每只茶杯都带有一个托盘，大小仅能容茶杯安身，小巧玲珑。茶具上绘着相同的图案，是一粒花生，两片叶子，透着古朴与端庄。

打开壶盖，用力地嗅，若隐若现，有茶香淡淡飘散。以手抚之，紫砂特有的质感让我的心变得柔软起来。悠悠然，回想起来，原来这套茶具是我的陪嫁之一。想起来多年前我嫁人前夕，与父亲的一段对话——

干吗送我这个啊？你知道的，我不爱喝茶。

拿着。总有一天，品尽人生滋味，你会喜欢喝茶的。

可是，我喜欢喝红茶，要用玻璃杯喝才过瘾。这样的小杯，要喝多少杯，我才能解渴啊。

傻丫头，茶是要用心去品的，不仅仅为解渴之物。

这段对话之后，我便极不情愿地带着它们到了我的新家，却一次也没有使用过。现在，它们已蒙轻尘。就像我的人生，涉过湍急的岁月长河，人生已趋于平静。

很自然地，我有了品茶的心情。细细地将它们清洗干净，放于一个大的茶盘中。轻轻地掀起壶盖，将一撮新茶放入，然后注入热水。我在等待，茶香盈袖，清香盈心。

父亲10年前去世了。没想到，此时我的心才与父亲如此亲近。是的，父亲的话是对的。人到中年，我才品出人生的滋味。人到中年，我才有了一份闲适的心情，来细细品味一杯清香的茶。

茶泡好了。娴雅地为自己倒一杯茶，呷一口，啊，真是齿颊留香。立刻让我后悔，早知茶有如此情趣，为什么我不早早品尝？原来，品茶的过程即为体验人生的过程。

父亲喜欢喝茶，于茶道颇有心得。他生前常说，一遍茶，不喝也罢，因为味太浓烈。二遍茶，甘甜香美，可惜不常有。三遍茶，只能回味，让人懂得珍惜。

原来，我的人生，正在美妙的二遍茶的当口儿。从我嫁人那天起，我的人生，就一直在风口浪尖上不停地震荡。结婚，生子。离婚，复婚。然后下岗，工作无着。之后是再次离婚。在动荡的生活历程中，我没有品茶的心情。许久，不知茶味。

经历过无数坎坷，在这静谧的午后，手捧一杯香茗，我感慨万千。那种种人生的磨难，为着职业的奔波，为了生存而日日艰辛的日子，静静地浮现眼前。而今的我，有稳定的职业，有温馨的家。终于明了父亲的苦心。这一套别致的紫砂茶具，是他送给我的温馨祝福。他希望女儿生活快乐，能够有一份美丽的品茶的心情。这含蓄而真诚的祝福，我此刻才深切地感受到。身为女儿,我已明了,幸福就是平凡的生活。一个人,能够于求生的竞争中、忙碌的工作中、琐碎的生活中,拥有一份品茶的心情,那就是幸福的极致了。

就这样,在这个美好而惬意的夏日午后,在静静地遥想与回忆中,慢慢地品茶。这杯人生的茶,品到此时,才品出人生的无限况味,那就是,一切随缘,只求舒心。在尝尽人生的种种辛酸之后,品味着一杯香醇的清茶,我的心宁静而安详。有静静的喜悦跃上心头。人生其实很美的。就仿佛这杯茶,需要慢慢品味,才能品出岁月中历久弥新的温馨味道。那温暖人心的感觉,就仿佛父亲曾亲手为我泡过的那杯茶,足以温暖我的一生。

·拥有一颗宁静的心

一向都很欣赏诸葛亮的人生境界，即“淡泊以明志，宁静而致远”。但凡事都是说来容易做来难。淡泊宁静，谈何容易？

与世无争，心才能有如大海一般辽阔。视名利如粪土，心才能获得无比的自由。古人云：“静以修身。”的确，红尘喧嚣，我们很难听到自己内心的声音。人生路上，我们应该给自己一个心灵的单间，让我们可以聆听到内心世界的低语，能够静静思考人生的价值与意义所在。

宁静是一个很简单的词，谁都懂。但心灵的宁静却不是谁都能做到的。

一位老教授问自己的学生：你心目中最美好的事情是什么？

学生想了很久后，列出了这样一张清单：健康、才能、金钱、爱情、事业、权力、名誉。老教授接过清单后，只扫了一眼，说：“你忽略了最重要的一项。没有它，你得到上述种种都只会给你带来痛苦。”

老教授的笔在清单上划过，学生心目中所有美好的事物就这样一笔勾销了。没有任何解释，教授在纸上写下：心灵的宁静。

心灵的宁静，一种超然的境界。正如哲人所说：“把尘世的礼物堆积到愚人的脚下吧，请赐给我不受烦扰的心灵。”宁静是一种伟大孕育的结果。你如果有一颗宁静的心，就能超脱地看待生活中的一切，就能够心平气和地享受生活。

宁静于身于心都有极大的裨益。当一个人心灵空静时，就不会受外界喧嚣的干扰和物欲的诱惑。不会在失败时心灰意冷，不会在成功时得意张扬。不会在曲终人散时觉得孤独，不会在心灵深处觉得空虚。

心灵的宁静有助于减轻快节奏生活造成的压力，带给你安详平和的心境。如果你发现自己总是被朋友、同事围绕着，耳边充满喧闹声，每天神经都绷得紧紧的，忍受着繁忙工作及其他琐事的无穷折磨，找不到一丝喘息的机会，那么，你真该好好调整一下心态，让自己的心重归宁静。

拥有一颗宁静的心，你不会庸人自扰，杞人忧天。拥有一颗宁静的心，不以物喜，不以己悲，你便心连天下，虚怀若谷。

天堂里的风景

图书馆是个好地方。整洁干净、宽敞明亮，宽大的玻璃窗，阳光温暖地透进来。在图书馆看书真是一种享受。

阿根廷国家图书馆馆长、著名作家博尔赫斯曾经说过这样一句话：“如果有天堂，天堂应该是图书馆的模样。”因此，可以这么说，图书馆就是百姓的天堂。

但是，在现实生活中，并不是每个人想进就能顺利地进入图书馆，享受阅读乐趣的。有的人，繁华都市里的图书馆并不欢迎，比如乞丐和拾荒者。这并没有什么明文规定，但氛围摆在那里。现实生活中，我们常常看到，乞丐和拾荒者往往走到了图书馆门口，也不会进去，因为知道自己不受欢迎。也因此，在一定的意义上说，许多图书馆相当小资，颇有“谈笑有鸿儒，往来无白丁”的意味。

其实，图书馆作为公众场所，本来就应该是为全民服务的。在这一点上，杭州市图书馆做得很好。自 2003 年起，杭州市图书馆开始对所有读者免费开放，包括乞丐及附近的农民工。因为这个温暖的善举，被人们称为“史上最温暖图书馆”。

人常说“上有天堂，下有苏杭”，以此形容杭州的美丽、繁荣与富庶。免费向乞丐开放图书馆这一“平常的事情”，体现出杭州市图书馆尊重众生平等、营造自由空间的追求。由此而论，杭州颇有天堂之模样。而杭州市图书馆，就是天堂中一道最美的风景。

多年来，杭州市图书馆本着人人平等的原则，对全市市民免费开放。图书馆对这些特殊读者的唯一要求，就是把手洗干净再阅读。但这一举措自推行以来，一直引起一些读者的不满。他们不愿意与这些特殊读者坐在一起，他们认为和这样的人坐在一起，很没面子。不仅使自己大学生或白领的身份降低了，而且使整个图书馆的档次也降低了很多。

对此，褚树青回答：“我无权拒绝他们入内读书，但您有权利选择离开。”他说，公共图书馆发展的藤蔓再长，其工作之果还是要落在为读者服务上面。因此，我们的建馆方针就是10个字——平民图书馆、市民大书房。他说，对我们来说，乞丐也好，普通百姓也好，都是读者，没有任何区别。我希望读者能真正自由地走进图书馆，就像走进自己家的书房一样。

其实，不只是馆长褚树青这样认为，杭州市图书馆的其他工作人员也是这样认为的。杭州市图书馆办公室主任刘丽东说，对每个市民免费开放图书馆，这也算新闻吗？我们一直觉得，这是公共图书馆本来就应该承担的责任。每个人都有读书的权利。太阳不会因为乞丐和拾荒者的身份而拒绝给予他们阳光。

心的博大，温馨的善举，使杭州市图书馆成为每一位市民的天堂。

算算自己的“乐价比”

人在纽约，为了省钱，我和年轻的美国人迈克尔合租了一套公寓。迈克尔刚刚大学毕业，按理说找工作是一件很头疼的事儿，可是他每天照样乐呵呵的，一点也不为钱发愁。

我有一件蓝色的圆领T恤，样式简洁而雅致，我很喜欢，但才穿了一两次，我就不无遗憾地发现胸前溅上了几点油渍。油渍很顽固，洗都洗不掉。超市里有去污笔卖，但因为我的英语实在蹩脚，连说带比画的，好歹算是买上了。

回到公寓，拿去污笔点掉了油渍。油渍虽然不见了，但点过的地方却变白了，迈克尔接过笔一看，不禁哈哈大笑，说，这是漂白笔，不是去污笔。我说，糟了。这怎么穿啊？迈克尔说，让我想想看。就见他手握漂白笔，在那件衣服上龙飞凤舞地开始了发挥，他左写右写，把自己会写的中文字都写上去了。看起来，他很满意自己的创意，说，今天我又找到了一份新的工作——时装设计师。

第二天，我穿上这件衣服出去，大家都夸它别致、新颖、时髦、新潮，叫它“中国文化衫”，并问我是哪家店的新品。晚上回家，我跟迈克尔一说，他笑道，这下你开心了，对不对？一件20元钱的衣服，却是这世上独一无二的设计，“乐价比”很高啊！我是平生第一次听到“乐价比”这个词，觉得很新奇。迈克尔说，这是一个心理学的名词，意思是简单的东西带来的快乐其实很多、很划算。

从那以后，“乐价比”的概念深入我心，化解了我所有的烦恼。思乡的愁绪、生存的压力，都不算什么了。“乐价比”，其实是一种生活态度，就是衡量一件商品能够为内心换来多少和多久的满足感和快乐。我感慨，在人们分秒必争去赚钱的今天，年轻的美国新一代迈克尔却在不经意间向我灌输了一种新的财富概念，让我在努力创造财富的同时，也充分享受到财富的价值。财富不等于金钱，快乐的价值却不可忽略。比如一杯白开水，平时我们都不爱喝，但对于沙漠中的旅人而言，这杯水足以救一条命，它的“乐价比”就非常高。

日常生活中，对于一件商品，人们很在意的是它的“性价比”，就是商品的品牌和性能与金钱之间的比率。心理学家研究发现，一件商品，能够为我们的内心换来多少和多久的满足感和快乐，更是衡量商品价值的关键。所以“性价比”其实已经OUT了，“乐价比”才正当道。有钱难买高兴，这就是“乐价比”的通俗解释。当大多数人在用钱计算生活的时候，“乐价比”倡导人们回归自己的心灵，尝试用快乐来衡量身边的每一件事物，让你在心理上“物超所值”。

任时光绽放成六月繁花

时光如沙漏，一粒一粒滑向昨天。我痴痴地伸出双手，却一粒也握不住。时间如烟花，绚烂了整个夜空，却转瞬不见，消失了踪迹。时光如流水，汇聚于那个名叫“不断流逝”的深深海洋。任凭我千呼万唤，也不复回归。时光如萦绕耳畔的悠扬歌声，婉转缱绻，绕梁岂止三日。而回首间才知，歌者其实早已离去。

这样形容时光，都还不够。时光应该恰如春日般短暂吧？且看宋代词人朱服的《渔家傲》，便更能知道时光的无情无义，让人何等伤感：“小雨纤纤风细细，万家杨柳青烟里。恋树湿花飞不起，愁无比，和春付与东流水。九十光阴能有几？金龟解尽留无计。寄语东阳沽酒市，拼一醉，而今乐事他年泪。”原来春日真的无比短暂，只有短短的3个月，90个白昼与夜晚而已。

美好的春夜，我在诗词中流连。耳畔，清晰地传来温情诗意的江南小调，如诗如画，浸润心扉：“灯影桨声里，天犹寒，水犹寒。梦中丝竹轻唱，楼外楼，山外山，楼山之外人未还。人未还，雁字回首，早过忘川，抚琴之人泪满衫。扬花萧萧落满肩。落满肩，笛声寒，窗影残。烟波桨声里，何处是江南？”

哦，江南，我的故乡。我一向认为，只有“春风又绿江南岸”的美丽江南，才能挽留住时光的脚步。其实不然，时光依然快步向前。

真的，不管我是何等流连每一秒时光，不管我是多么深情地想要挽留时光，让它停下脚步，让我能够自由地徜徉其中，如入甜蜜温柔乡。可是不行，时光依然不依不饶地前行，穿过春天，来到了夏天。

我的心泪，凝结在胸前。我愿时光能够看到，我对它是何等深情、何等依恋。我甚至在心底抱怨，时光啊，你太残忍，你太无情，你太冷漠，你太自私。

美好的清晨，站在季节的窗前，轻盈地打开心窗，我心释然。原来夏天更加美丽，繁花若锦，隽永如诗。原来夏天更加优雅，有绿树如盖，带来一季清凉。原来夏天更加丰茂，一窗山海，任我拥抱。原来，不经意间，时光已经绽放成一朵六月的繁花，芬芳着我的生命，丰富着我的心灵，丰满着我的想象，丰盈着我热爱生活的激情。

任时光绽放成六月繁花，驻足在时光的花蕊里，我亦笑靥如花。

诗意啜饮菊花茶

菊花茶，没有咖啡那般浓烈，没有果汁那般馥郁，没有可乐那般甜腻，没有美酒那般甘醇。而那淡淡的清香，沁人心脾。啜饮菊花茶，其实于我，不只是唇齿间的享受，嗅觉的享受，更是眼睛的享受，甚至心灵的享受……

阳光灿烂的午后，该是心灵小憩的时间。泡一杯菊花茶，静静地品味，静静地欣赏，是一种美。

取几朵干菊花，放进杯子里。放一块冰糖，然后沸水冲泡。那原本色彩黯淡、了无生机的干枯的菊花，便在水中上下翻腾，然后慢慢浮上水面。花瓣尽情地吸收着水分，一点点下沉，在水中舒展身体，优美地舞蹈。

此时的杯中，水的颜色变成了阳光一般的淡黄，开出几朵硕大的菊花。花瓣是半透明的白色，丰润柔嫩。花蕊是暗黄的。菊花在杯中轻舞，像月宫的嫦娥。水，使它再次焕发生命，是那么美丽。杯中菊，灿若繁花，美如壁画。阳光透过杯子照过来，透明的玻璃桌上，便映下菊花盛开的影子。一朵朵菊花在明亮的淡黄色的光线里翩翩起舞。这是菊花的第二次生命，开得如此明艳，又如此宁静。仿佛历尽磨难的旅人，重返故乡之时，恬静的笑靥。枝头的菊花，怒放着第一次的欣喜，那是轰轰烈烈的美丽。而第二次的绽放，是生命能量的再一次释放，更具佳人不语任沧桑的独特韵味，那是美的极致。

啜饮菊花茶，便嗅到来自原野的清香，淡淡的。细细轻啜，冰糖的甘甜和菊花的微苦亲密交织，那清香中的一丝甘甜，使得齿颊留香，更使双眸清亮。菊花味甘苦，润喉，生津，去火，散风清热。中国茶道源远流长，菊花茶从古至今一直深受茶客们的青睐。典雅的杭白菊，高贵的贡菊，娇小玲珑的金菊都是泡茶之珍品。清新淡雅的菊花茶，让浮躁的心，归于宁静。

兴之所至，我缓缓捞出一朵菊花，想看看它的模样。它立刻缩成一团，仿佛突然经受了严寒的袭击。重新把它归于杯中，在水中，它恢复生机，舒展开来，又轻盈地绽放。我明白了，虽然它第二次获得新生，但它的美丽来源于水。离开水，美丽便不再存在。

原来，尘世中，有些东西是可望而不可即的。正如这水中的菊花。你只能静静地看，隔着杯子的厚度。看它独自在水里舞蹈，却不可触碰。它美丽，并不虚幻。宛若画面，却不可接近。隔着适宜的距离，它展示自己的美，自由自在。也进一步想到，生命的壮美，盛开在枝头的菊花，不畏秋霜。而被采摘的菊，更耐得住寂寞。经过晾晒，浓缩精华。在孤独中，于水杯中，迎来人生的再一次绽放。沉静的菊花，是一位智者。在沉寂中，永不绝望。只要有一线生机，便庄重地再次展示生命的壮丽，给人以无穷的畅想与回味。

氤氲的水汽在阳光里漫漫飘荡，柔若游丝，暖人心扉。

诗意啜饮菊花茶，其实，我是在品味人生。那品茶的境界，只有品过茶的人才知道。用心去品一杯菊花茶，别有一番滋味在心头……

尊重自己

莫言说，写作只是一种职业，并不神圣，也不神秘，更不比别人高贵。张爱玲说，写作就是说话，只要会说话的人都会写作。43岁以上的人，每个人都是一本别具一格的散文。我认为，写作确实只是一种职业，但它绝对有别于世间其他的职业。写作需要心灵的智慧，深刻的思想，美好的文笔。不是任何人提笔便能成文，除非他是天才。喜欢老舍的人生观——流自己的汗，吃自己的饭，自己的事情自己干。

我是一个写手。虽然进了省作协，但我心里明白，离作家二字的距离，很远。鲁迅，冰心，王蒙，路遥……这些著作等身，名扬天下，流传至今的著名作家的名字，我无比崇敬。于是我也就终于懂得了，作家这个称呼，是时代与读者赋予的光荣称号，那是一个写作者能够获得的最高荣誉。

我是一个写手，既不妄自菲薄，也不托言拿大。不因发表了文章便沾沾自喜，觉得自己世间无双。也不因个别人的非议就自寻烦恼，看轻自己。热爱写作，写作于我意义非凡。它带给我无比的快乐，充实着我的生命。它让我能够言己心声，讲述自己的坎坷人生。告诉更多人，阳光总在风雨后，风雨之后见彩虹。

我也就最终懂得了，作家们的谦逊，是源于内心的宁静。比如王蒙，出去参加会议，谢绝所有的特殊照顾。和大家同乘大巴，平易近人。妙语连珠，幽默风趣，一路欢笑。比如刘心武，在《百家讲坛》探逸红楼，自我介绍说，我就是一个退了休的老头儿，谦逊无比。

我是一个写手，尊重写作本身的纯真美好。写作的世界，四季青葱，那是我心灵的芳草地。在喧嚣红尘间一路前行，我的内心因写作而纯真无瑕，芬芳隽永。

在这个悠闲的春日午后，回想起自己曾经的努力与放弃、曾经的坚忍和耐力、曾经的执着与付出、曾经的汗水和泪水，心中收获无限的感动和庆幸，那是一种无法言说的欣慰与尊敬——尊重自己。尊重自己所有的以往，尊重自己认真写下的每一个字。无论它将永恒于世或是随风飘散，我都无比幸福。

心系悠悠天山雪

作为新疆人，从小我就与雪有缘。

童年的记忆里，冬天，是快乐的季节。打雪仗，堆雪人，滑爬犁，抽陀螺……那无穷的乐趣，全来自冬雪的慷慨赐予。

岁月更迭，对故乡的雪，我有了更深刻的认识。瑞雪兆丰年，来年的丰收，全靠着今冬的雪的厚度。新疆的雪，原来是如此珍贵。它净化着边城的空气，滋养着无数绿洲。“早穿皮袄午穿纱，围着火炉吃西瓜。”雪花飘舞的街头，美味的西瓜和哈密瓜切成一牙一牙的，摆放在瓜摊上，等待食客品尝。那是夏天里，瓜农从瓜地挑出的最好的瓜，经过精心储藏，专门在冬日销售的。此时，这样的瓜，只能在新疆，才能吃得到。这样的瓜，与夏日的新鲜的瓜口感一样，还是那么甜，汁水丰美。这真是蘸着雪花吃瓜，这种感受，真是别致。

因为工作关系，我常年在外奔波。固然，大江南北不乏山明水秀，长城内外也处处柳绿桃红。但是，没有雪的地方，留不住我的心。雪，是我的亲人、故友、至交。雪，萦绕我的灵魂、思想、心灵。我的生命中，不能没有雪的飞扬。故乡的天山，山顶上终年不化的积雪，成为我不变的记忆。

人在新疆，我常常凝神于窗外的雪。那六角形的美丽精灵，羞怯地，竟然经不住我手心的温度。晶莹的雪，仿佛水晶。那曼妙的舞姿，令人心旷神怡。

忽如一夜春风来，千树万树梨花开。此时，我的故乡，刚刚下过今冬的第一场雪。翩然而来，悄无声息。玉树琼枝，这是隆冬时节的似锦繁花。烂漫纷飞的雪，在我眼前诗意地舞蹈。树挂是美丽的精灵。一枝一枝，似满树梨花，令人赞叹不已。若有微风吹过，雪落无声，肩上便会留下诗意的痕迹。

心系悠悠天山雪，情深依依恋故乡。我愿自己，带着新疆人特有的豪爽、率真，去聆听雪声，感受美好。让雪花轻落掌中，任其融化，凝成水珠，流入血液，与心共生。

此时的你，若到新疆来看雪，一定会收获一个美丽的冬天。

枕上流年

因为从事文字工作，常为了一个词绞尽脑汁，所以失眠成了老毛病。为了每天晚上能进入香甜的梦乡，我想尽了办法。而因此，对枕头格外关注。因为枕头的质量，在一定意义上来说，决定着睡眠质量。所以，拥有一个适合自己的好枕头，是非常重要的。

经常更换枕头的结果是，家里有了一橱柜的枕头，各式各样的。原来，不经意间，枕头成了我的收藏。

鸭绒枕轻薄柔软，但没有质感。乳胶枕效果好，但价格相当高。羽绒枕挺好的，就是清洗麻烦。

朋友来自南方，专门为我带了一对稻壳枕。那来自乡间的田园气息，让我欣喜不已。枕着稻壳枕，人仿佛置身于乡间的田埂上。两边稻浪起伏，让我的心，充满对乡村的渴望。

荞麦壳枕也不错，有异曲同工之妙。同样来自遥远的乡村。入梦，头枕在上面，荞麦壳发出轻沙泻地般的声响，别有情趣。

竹炭枕堪称是健康佳品，对防治颈椎酸痛很有效。它圆滚滚的，放高一点就会自动滚落下来，我给它起了个名字，叫作会走路的枕头。

母亲心疼我，专门为我缝制了一个中药枕。枕芯里填充着助眠的中药，又大量地放入菊花。这个菊花中药枕母亲精心绣了枕套，美丽的两朵牡丹花迎风绽放。朋友们都说这是工艺品，摆着看吧，你舍得用啊？母亲则说，用吧，别舍不得，过些天我再给你做一个。

我爱上了收藏枕头，凡有特色的枕头我便纳入家中。这其中有石枕，清凉而光滑；有瓷枕，上面有漂亮的景泰蓝花纹；有水枕，晚上枕在上面，便觉波涛荡漾，心灵清爽。人在喀什，我买了许多新鲜的玫瑰，塞入枕套中。拿回家中，爱不释手，这是玫瑰枕。头枕在上面，香气馥郁，仿佛人在花中行。

茶叶枕有清神作用，所以我特地买了一个，让清雅的茶香伴我入梦。

我还买了一个音乐枕。白天，你是听不到音乐声的，因为它的分贝极低。只有到了晚上，更深夜静，心里安静，那舒缓的小夜曲如清澈而温暖的溪流流进耳畔，我便很快地进入了梦乡。

为了淘到软硬适中，适合自己的枕头，我成了收藏枕头的爱好者。任时光流转，人生更加静谧而美好。

梅花香雪烹新茶

枕边一部《红楼梦》，翻阅了30年。书中妙玉悄悄招呼宝钗和黛玉到耳房中喝“体己茶”的情节，引发我的兴趣。于想象中，用梅花香雪烹煮的茶，清醇无比，浸润心灵，那是人生的极致享受啊！

所谓“体己茶”，也可叫“贴心茶”，就是和最好的朋友一起喝的茶。妙玉何等高洁孤傲啊，就连贾母过来串门儿，上的茶也不过是旧年接的雨水所烹。所以，宝钗、黛玉能喝到妙玉亲手烹制的雪煎茶，福气当真不小。而宝玉，悄悄地也去了耳房，算是沾宝钗、黛玉的光，也喝到了这样一杯香妙无比的茶，也算是与茶有缘的佳话了。

人生路上，一路走来，烦琐而忙碌的生活让我无暇顾及其他。虽然家藏名贵精巧的紫砂壶，却基本上不曾使用过。而今，走过无数风雨的我终于拥有了一份闲适的心情，可以尽情享受“偷得浮生半日闲”的无穷乐趣了。

蜡梅花开，芬芳美丽。踏雪寻梅，本身就无比浪漫。轻轻地将梅花上的雪收进水晶瓶中，心情静谧而喜悦。玉指纤纤，轻而又轻，生怕惊醒了梅花的香梦。返回家中，将久置的那套珍贵的紫砂壶用心清洗，然后在清雅的音乐声中，以一颗诗意的心，巧手烹香茶。轻摇梅花万点雪，红炉细煮慢烹茶。原来，在历尽坎坷之后，我的人生如此美好。

一壶以梅花雪水烹制的雪煎茶呈现眼前，散发着淡淡的清香。很珍惜地倒进精致的紫砂茶碗，一口一口仔细品味。清香甘冽，茶色浓翠，回味甘甜。古人把泡茶之水分为梅、兰、竹、菊四等，其中最高者就为“梅之水”。因此，用梅花雪煎的茶，号称是茶中圣品。值此北方的雪夜，想起杜耒的那首《寒夜》，禁不住会心一笑：“寒夜客来茶当酒，竹炉汤沸火初红。寻常一样窗前月，才有梅花便不同。”而明代戏曲作家高濂，诗词歌赋、琴棋书画，无所不精，并且擅长养生，茶酒烹调，无所不通。寒夜寂寂，扫雪烹茶，自有美丽心情。山窗听雪，清风敲竹，也别有人生乐趣。

清代诗人、散文家袁枚，爱读诗书又恋花。一生喜欢品茗吟诗，对饮茶相当有研究，曾说过一句话，欲治好茶，先藏好水。无独有偶，在这方面，乾隆皇帝也颇有生活情趣，认为雪水比天下第一泉更好：“遇佳雪，必收取，以松实、梅英、佛手烹茶，谓之三清。”

收取梅花上的雪，是对茶的格外善待，其实此举也并不是《红楼梦》中妙玉独享的专利。梅花枝上雪，早就被宋人称为人间奇绝。更早的诗文典籍中，关于泡茶之水，还有更为精辟的研究。喜欢“融雪煎香茗”的白居易，曾写过这样一首诗抒发情怀：“吟咏霜毛句，闲尝雪水茶。城中展眉处，只是有元家。”意思是，人世间能够让他展颜一笑的事，就是“闲烹雪水茶”。而因此，让我悠然想到，诗人用来烹茶的用具，也许就是红泥小火炉吧——晚来天欲雪，能饮一杯无？

梅花香雪烹新茶，金盏低斟悄品对。在冷寂的冬日，一壶香茗，让我由衷地感受到红尘间的安稳与温暖，这就是幸福。

生态与幸福的关系

喧嚣红尘间，一路走来，身心疲惫。为生存而战，终日忙碌的我别无选择。

《星光下的灵魂》这本书，是作家毕淑敏写的。它让我的人生节奏得以放缓，让我匆忙前行的脚步变得优雅，让诗意与浪漫重归我的心灵——原来，人生真的很美。

打开这本书，细细地读作者写的“自序”：“面对星空的时候，你会觉得人是多么微不足道的浅薄存在，短暂到不可言说。仰望星空，俯视地下，我相信头顶这万千星辰，纵是再大再亮再多再远，也是没有思想的静物。人无论多么渺小脆弱不堪一击，却是可以自由自在地浮想联翩和随意决定自己的行动。因此，我要按照自己的意志去完成理想……”我认为作者说得对。好好活着，完成梦想，人生才是值得的。

作者去尼泊尔旅游，认识了当地一个年轻人。年轻人坦言，尼泊尔比中国落后许多，但人们的幸福感却很强。对此，年轻人说：“中国与尼泊尔最大的不同是节奏。尼泊尔节奏很慢很慢，几千年来我们就一直是这样的节奏，尼泊尔人习惯了。中国的节奏却是越来越快。我的朋友从中国来，说一下子不习惯尼泊尔这种慢节奏，但是几天过去，静静待下来，就觉得这种节奏很舒服，适合人的身体。还有大自然，您看，凡是自然的东西，都是缓慢的。太阳一点点升起，一点点落下。花一朵朵地开，一瓣瓣地落下。稻谷生长，直到成熟，需要时间。那些急骤发生的自然变化，多是灾难。比如火山喷发，比如飓风和暴雨，比如山崩地裂加上海啸……”这段话，我反复读了许多遍。心，慢慢变得平静，心灵深处，有花，静静绽放。我懂得了，只有让自己慢下来，人生旅途上，才能看到无数美丽的风景。

关于幸福，作者这样写道：“要想幸福，一个国家必须保护好自己原有的生态，要有清洁的水源，繁茂苍翠的森林，和谐共生的万物，没有污染的食物和空气。我不知道在中国还有多少这样水清见底的河流？也许在深山老林中还有一些潺潺小溪吧？但在大城市周围，我断定再也没有如此清凉甘甜的天然水源了。”

绿色是生命之源。我也同样希望有一天，所到之处，绿水青山，花开娇艳。原来，要想达到幸福的彼岸，就首先要具备一定的生态意识。因为，一个人的幸福一定是和周围的一切联系在一起的。唯有身边每个人都幸福了，自己才能得到完美的幸福。

这本书，让我得以更透彻地叩问灵魂的居所，安顿疲累的心灵。在她优雅聪敏的叙述中，静聆一个个耐人寻味的心灵故事。于不经意间，我找到了心灵的归宿、精神世界的家园。关于人生，关于幸福与快乐，作者用温暖的笔触，娓娓道来。像清新的风，掠过我心灵的原野。这本书改变了我的人生观，让我的生活节奏趋于平缓，不再匆促。让我的心，宁静如高山雪湖。

融入原生态，享受“慢生活”的幸福，这本书让我找回从前的自我，与世无争，从容安详。

·文人墨客“润笔”趣事

润笔，就是稿费。润笔一说，来源于《隋书·郑译传》。皇上令内史李德林作诏书。李德林说：“笔干，没法写。”皇上说：“何故？”李德林答：“不得一钱，何以润笔？”皇上听了，不禁拊掌大笑，说：“原来如此。笔干了，需用钱润笔。好的，没问题。替我写完这道诏书，立刻发放稿费，让你有钱去润笔。”润笔一词，即由此而来。

润例，就是稿费标准。20世纪30年代，丰子恺赋闲在家。为谋生，曾在当时的《太白》半月刊上登出《子恺漫画润例》。每幅漫画要价不低，同时言明一口价，不讨价还价。意思是，你觉得我的画值我所说的稿费标准，我们就合作。觉得我的画太贵了，你可以不要，但请不要还价。虽然如此，依然稿约不断，保证了他的生活品质。于卖画之余，他还喜欢读书，品茶，与朋友小聚，聊天，吃饭，生活极其悠闲。

齐白石为人谦和，但自定的稿费标准却绝无商讨的余地。一句话，他定的润例，他说多少就是多少。什么事儿都好说，只是这事儿没商量。他家的客厅，挂着他亲笔书写的稿费标准，明码标价，一清二白。给多少钱，画多少画，执行起来毫不含糊。有人为求一幅画，专程去拜访他。一进客厅，抬头就看见了稿费标准明细表。数数自己荷包里的钱，只够买一只半虾。小心翼翼说明来意，希望能得到齐白石亲笔画的两只虾。齐白石说："我一生受苦，从童年至今。所以钱对我来说是很重要的。没钱，怎么生活呢？"然后接过钱说："放心，一定让你满意。"随后，挥笔作画。先画了一只正在水边嬉戏的虾，活灵活现，美不胜收。之后，在这只虾旁边，画了一只在水面上只露出上半身的虾，下半身被层层水波挡住，惟妙惟肖。来客一看，非常满意。两个人皆大欢喜，都很开心。齐白石就这样巧妙地满足了来客的要求，同时又严格遵守了自己拟定的稿费标准。

当年的出版界对标点符号极不重视，在支付稿费时，往往把它从字数中扣除，不给稿费。在《鲁迅大全集》中，就有这样一个故事。一次，鲁迅先生应约为某出版社撰写书稿。由于事先探知该出版社不支付标点符号的稿费，因此他的书稿通篇没有分一个段落，也没有一个标点符号。从头到尾，一气呵成，连成一片。编辑看了书稿后，以"难以断句"为由，回信要求鲁迅先生分一分段落，同时加上标点符号。鲁迅先生便这样回复道："既要作者加标点符号，分出段落、章节，可见标点还是必不可少的。既然如此，标点也得算字数。"那家出版社没办法，只好采纳了鲁迅先生的意见。

文人墨客的"润笔"趣事，妙趣横生。

第五辑

幸福的人生先苦后甜

生气就是拿别人的错误惩罚自己，这句话人人知道。但事到临头，又有多少人能够真正地彻底放下，释然于胸，不再作想呢？时光流逝，以往看不开的事情，都逐渐变得淡然。人生旅途上，我们就是这样，越走越沉静，越走越豁达。随着年龄的增长，我们懂得了珍惜时间，去完成心中的愿望。我们学会了放下心灵的负荷，轻装上阵，去追求梦想的实现。我们最终学会了宽容，心灵无比博大、深沉、辽阔而美丽。

静拥月色

每当夜幕降临，心里便生出期待。那月色，静谧安详，如约来到我身边。静拥月色，我心释然。

爱上美丽的月色，始于我的外婆。

小时不识月，呼作白玉盘。月来满地水，云起一天山。童年记忆的天空，明月皎洁，给大地披一层银辉。我躺在竹制的老式摇椅里，在晚风的轻拂中，听外婆讲那些可爱的传说。嫦娥奔月，外婆讲了许多遍，每一次那嫦娥奔月的原因都不同。可是我爱听。外婆手执蒲扇，轻晃摇椅，轻声讲着那些古老的故事。而我则在月色的轻抚中，香甜地睡去。

时光流逝，我长大了。记忆中的月色，却都是匆匆一现，宛若昙花。人生的坎坷，给月色也蒙上阴影。哪有时间去享受月色的娴静啊？工作后爱上写作，常常通宵伏案。窗外的月色也与我一样，满身心的疲惫。新婚之夜，曾在窗前流连。看那一窗月色，也隐含娇羞。步出围城，分手后独自上路。迷茫中，站在城市街头，我泪眼迷蒙。满目繁华何所依，绮罗散尽人独立。遥看一天月色，也在为我凄凉地叹息。

而今，涉过人生的湍急的河，人到中年的我，终于有了一份安定的生活。每个清晨,阳光盈窗,我在窗下写作,心宁静而快乐。每个夜晚,月色撩人,我在阳台上小坐,与月色紧紧相拥。

月色是有颜色、有味道的。春天的月色,丝丝香甜,像刚做好的槐花糕。说到颜色,当是淡淡的葱绿吧?月出惊山鸟,时鸣春涧中。春天的月色里,散发着爱情花的芬芳。月上柳梢头,人约黄昏后。那月色,是属于恋爱中的年轻人的。

夏天的月色,充满激情。奔放热烈,仿佛川菜。说到颜色,当是玫瑰红吧?沙上并禽池上暝,云破月来花弄影。月到天心处,风来水面时。明月照高楼,流光正徘徊。空气中,美人蕉绽放。那艳红的花朵,连月色也受到感染,变得温暖而诗意起来。夏深明月夜,江静碧云天。夏天的月色,是为有情人而预备的。独上江楼思悄然,月光如水水如天。同来抚月人何在?风景依稀似去年……

秋天的月色,咸淡正好,像江南时令的鲜香菜肴,鲜香适口。说到颜色,当是幽幽的湛蓝吧?秋月里,静谧安详。我的生命,一片灿然的菊香。月落乌啼霜满天,江枫渔火对愁眠。姑苏城外寒山寺,夜半钟声到客船。秋天的月色,多半属于失意的人。

冬天的月色,冷寂凄清。像一盘造型别致的冷拼,美而凄凉。说到颜色,当是寂寞的银灰吧?这时节,却有出尘水仙,传送一季馥郁的馨香。青女素娥俱耐冷,月中霜里斗婵娟。冬天的月色,属于善于思考的人。

今宵此刻,秋风拂面。夜寒更深,唯有月色与我相拥。遥遥思念我远方的爱人,这思念的深度,只有月色知道。峨眉山月半轮秋,影入平羌江水流。夜发清溪向三峡,思君不见下渝州。想对我的爱人说,情深意切何须问,一片冰心在玉壶。纵然眼前千山隔阻,亦有月色传递我的心声。山无棱，天地合，乃敢与君绝。千古誓言，犹在耳边。日日思君不见君，共饮长江水。但愿人长久，千里共婵娟。拥抱月色，犹如与我的爱人深情相拥。愿我如星君如月，夜夜流光相皎洁。

夜深了，我幸福地静拥着属于自己的月色。人生短暂，岁月几何。我愿生命中的每个月色，都让我宁静地拥有。静拥月色，心香氤氲，原来我的人生很富有。静拥月色，微笑如花，我的生命静谧而美丽。

红尘间的心灵单间

岁月流转，我终于有了一间属于自己的书房。落地窗，宽敞明亮。窗帘是海洋的颜色，湛蓝若梦。初夏微风荡漾，它便像鼓足了风的船帆，轻盈地飘动。

窗前是漂亮的书桌，亮可鉴人。桌上放着笔筒、台灯、电脑。它们都在静静地等待我亲近它们。四壁皆书，书房是书的海洋。它是我心灵的单间，是我灵魂的栖息地。无论窗外多嘈杂、多喧哗，我的心宁静依然。墙上挂着朋友赠送的字画，书卷气浓郁。在所有的鲜花中，我最喜欢百合与玫瑰。于是，这两种花，便会轮流在我的书桌上出现。洁白的百合，雪一般纯净，芬芳无比。艳丽的玫瑰，奔放大气，令满室生辉。

朋友来访，书房的一角有小巧的沙发和茶几。茶几是透明的，圆形的。沙发是米色的，很柔软。奉上香茶，促膝交谈，是一种惬意的享受。阳光如蝶，心情美丽。

有了书房，当取一雅号。书房即书斋，所以古今文人喜欢以斋为名。如陆游的“老学斋”、蒲松龄的“聊斋”、周作人的“苦雨斋”等。历代文人书房称“堂”的也很多，如司马光的“读书堂”、汤显祖的“玉茗堂”、冯友兰的“三松堂”、谢稚柳的“壮暮堂”等。“楼”是大气魄，如陈独秀的“看云楼”、丰子恺的“日月楼”等。说到书屋，则有夏丏尊的“平屋”、鲁迅的“绿林书屋”、毛泽东的“菊香书屋”等。思来想去，我给自己的书房命名为“芬芳苑”。寓意自己的书房，花香袭人，芬芳诗意。

朋友身处蜗居，酷爱读书，业余时间喜欢写作。他多年的书房梦，到今天依然如此缥缈。他慨叹我生活的“奢侈”。对于爱读书的人来说，有一间像样的书房，是人生最大的快乐，这个我懂。都市人的梦想，其实很小，只是想要一间属于自己的书房而已。只是想在这浮躁的时代，尘嚣顿起的年头，能够拥有一个洁净的精神世界，以安放一颗纯净的灵魂。只是想在红尘中偏安一隅，享受无人打扰的读书与写作的乐趣。

且喜自己，拥有了一间诗意的书房。“芬芳苑”中，任心灵飞翔，绽放美丽的心花，写下对人生的感悟，我很幸福。

幸福地写作

什么是幸福？有人说，幸福就是猫吃鱼、狗吃肉、奥特曼打小怪兽。于我而言，幸福就是每天能够快乐地写作，言己心声。

我愿用我的亲身经历告诉更多人，磨难是人生的财富，成功贵在坚持。我愿用我手中的笔告诉读者，平凡的人生也很快乐，要懂得珍惜。我希望用我的真诚和善良，鼓舞更多人的斗志，使他们更加热爱生活。

静能生慧。有人说，写作是寂寞的人在歌唱。对此，我很认同。

喜欢英国诗人、散文家瓦特·兰德的一首诗《我和谁都不争》，这首诗境界超然，胸襟博大：“我和谁都不争，和谁争我都不屑。我爱大自然，其次就是艺术，我双手烤着生命之火取暖。火萎了，我也准备走了。”因此，我也就深深地懂得了，无争亦无忧，但绝不是无为。

心系苍生，情牵红尘，我愿用一支笔，绽放美丽的心花，为生命的原野增添一缕春色。我愿用优美的文字，为每天忙碌、辛苦的人们奉上一杯来自精神世界的香茗。让他们在辛劳之余，心灵感受到一份温馨的慰藉。我愿用一支笔告诉世间的每个人，面对困境，永不言败，坚持到底，一定会成功。我愿我的文字恰如夜空的火炬，给读者带来温暖与希望，使人们更加热爱生活，对未来充满信心。我用一支笔传递美好祝愿，愿岁月静好，人人平安。

幸福地写作，我很快乐。

善待生命中的每一个日子

善待自己，说来容易做起难。

曾经在广告公司拼得死去活来。仅仅半个月，工作的强度与竞争的残酷就使作为广告策划与文案的我瘦了6千克。拼命挤榨出全部智慧去完成诸多文案与创意的我，大脑有时会突然一片空白，头发大把大把地脱落，真是触目惊心。

一个夏日的清晨，已经打理好一切准备出门上班的我，转身环顾了一眼温馨的家，心里便做出了一个大胆的决定：辞职。因为我太累了。随后，我迈着轻松的脚步在街头漫步，吃自己爱吃的小吃，在城市的公园里流连。湖光山色，秀丽如画。于一叶轻舟中与水相依的我，终于绽开了如花笑靥。

曾经和老公有过一段时间的冷战，彼此互不理睬，一句话也不肯说。因为我发现了他手机中的肉麻短信，他也疑心雨夜送我回家的男同事与我关系密切。这种压抑的气氛令人窒息。于是我打破沉默，对他说：“如果彼此间没有了信任，那什么也不会有的。如果你的心已离开，我要你的躯壳有什么用呢？你自己看，想走就走吧。”

他走了。

分居的日子里我想了许多。为了加深交流，我跟他在网上聊天，终于读懂了他，了解了他。

一天傍晚，当他静静地出现在家门口，泪光晶莹地走近我、拥抱我的时候，我知道，这个贪玩的孩子终于回家了。

善待自己，不是一句空话。体现在生活中，它有着丰富的内容。善待自己的心理需求，善待自己的一时冲动，善待自己的每一个渴望与追求，善待生命中的每一次感动……

所以，善待自己，绝不是一句空话。不想做饭，就买现成的吃。不想洗碗，就先搁着。觉得累，就换一种活法好了。如果悲伤，不要硬扛，让痛楚的泪尽情流淌吧。因为流泪，并不是脆弱的象征，而是真情流露。

让我们用更多的时间善待自己的心情吧。与人为善，天天快乐。因为我们知道，生气是用别人的错误惩罚自己。所以，如果心情不爽，我们就学着改变自己吧！化个前卫的靓妆，穿上时髦的衣服，听听音乐，找朋友小聚，多好。四季变换，哪一天都是美丽的、新鲜的、不可复制的，所以，善待自己生命中的每一天，才显得那么重要。

生命实在短暂，所以，善待自己，无异于延长生命本身的长度。在充实的生命历程中，让我们收集快乐的回忆，这才是善待自己最有力的证明。

善待自己，善待生命中的每一个日子，我们的心，永远快乐而年轻。

幸福人生何须点缀

在网上，我有一个网友，名叫清岚。江南女子，娇俏美丽，声音甜美，极富女人味儿。老公赚钱不少，孩子学习成绩不错。居室宽敞，阳光明媚。工作悠闲，白领丽人喝着咖啡办公，好生惬意。在我眼里，这就是一个幸福女人的全部内容了。

但她却并不知足，常在网上跟我抱怨不休。她说，我很内疚的，我没有明确的事业规划，过一天算一天。感觉自己就是庙里的和尚，上一天班撞一天钟，没劲儿透了。我说，你想有什么规划？她说，羡慕你事业有成，勤奋上进，你是我的榜样。我说，你再别这么说了。我人生坎坷，生不逢时，历尽磨难，无人依靠，只能拼命求生，杀出血路，自立自强。你多好，没有生活压力，老公收入高，你自己也挣一份钱。孩子聪明懂事，家庭和和美美，我才羡慕呢！

她说，可这种平淡的生活有什么意思？过到老，也还是那么平凡。我多么渴望成功，万人瞩目，受人崇拜，被人敬仰啊！

我说，这种不切实际的想法，你说说可以，千万别真的那么做。我以往年轻气盛，也和你一样，想要大展宏图，一鸣惊人；想要人生辉煌，星辰一样闪亮。但现在，随着时光流转，年龄增长，年已不惑的我，终于明白了幸福是什么。幸福就是简单而正常的生活，家庭幸福，老公懂得疼人，孩子乖巧可爱，自己有一份工作，哪怕挣钱不多。幸福就是清早上班前对孩子的深情一吻，幸福就是午间在单位收到老公发来的问候短信。幸福就是晚上全家团聚，一起吃一顿丰盛的晚餐。幸福就是家人身体健康，无须担忧。经常和朋友小聚，聊聊人生和未来。能够有时间出去旅行，观赏湖光山色……一句话，幸福就是平淡的极致。

我对她说，你拥有完美的幸福，你就知足吧。幸福不需要任何点缀，朴实得仿佛每日里的一日三餐。和同事关系融洽，和邻居互通往来。每天出门见到的都是微笑的脸。总之，幸福人生只需一张床，一间房，一家人在一起就足够了。

幸福人生何须点缀。能够每天与家人平淡地相守，就是上天对善良的人们的最大奖赏。

释放心中的“负能量”

童年的我，因为家境贫寒，衣着寒酸，常常被人看不起，遭受讥讽与嘲笑。我就在墙上刻上那些人的名字，提醒自己不要忘记曾受过的羞辱。母亲说：“这是何苦呢？忘了不愉快的事吧，咱家真的很穷，这是事实。”

岁月如流，我工作了，有了家庭。但老公有了外遇，回家闹离婚。愤恨不已的我死也不离婚——拖你一辈子，就是不能让你开心。母亲劝我说：“要么，你就跟他好好过。要么，就散了吧，各过各的生活。”我不听，我觉得人生对我太不公平，让我如何安抚自己受伤的心？

我持刀去找他的外遇，他挺身护住那女人，厉声对我说：“不关她的事。你恨我，就杀了我吧！”我心中有恨，不能平复，于是不断地骚扰他，闯上门去痛斥他的变心与无情，他于无奈中只能不停地搬家。母亲说：“忘记他，因为他从来就没有爱过你。”我不信。

一个夏日的黄昏，我又去找他算账。半路上，看见他们手挽手走来，她的鞋带松了，他弯腰为她系好。我泪如雨下，我承认我输了，因为他从来就没有为我系过鞋带，哪怕我身怀六甲。

人生的路上，一路磕磕绊绊地走来，心总是不能平静。我在意别人的眼光，揣摩别人的想法。听不进不同意见，讨厌俗气的同事。终于有一天，因为种种原因，我已经无法在职场立足，我还想悲壮地坚持，母亲一语道破："天地之大，哪里不能存身？"

最终离开了那个让我不愉快的地方，但记忆中，那些诋毁我的话、幸灾乐祸的眼神、冷嘲热讽的语言，却挥之不去。耿耿于怀中，我意气消沉。母亲说："宽容别人，就是善待自己。"

于不断的反思中，我终于学会了放下。人生短暂，必须轻装前进。不要在意别人的眼光，甚至评价。人生于世，只要无愧于心，那么，宁静的生活，就是一个普通人所能够获得的最好的生活。幸福从来都是不平凡的，睿智的母亲以自己的人生阅历，教会我豁达地生活，教会我在人生路上，不断地释放心中的"负能量"，忘却那些应该被淡忘的人与事。有些人不必怀念，有些人不必理会。人生路上，云淡风清，一切顺其自然。

陪陪亲爱的自己

人生路上，我们都是孤独的行者，如人饮水，冷暖自知，真正能帮你的，永远只有你自己。

所有命运馈赠的礼物，早已在暗中标好了价格。所以，人生路上，我们每一次的获得，都是因为我们已经付出了相应的代价。人生是公平的。所以，我们才会无比忙碌，我们才会疲惫不堪。因为要不停地付出，才能不断地有所收获。

所谓心情，心中是晴的，天气也放晴。

只有你，才能决定自己的现在和未来。

喜欢三毛的诗："如果有来生，要做一棵树。站成永恒，没有悲欢的姿势。一半在尘土里安详，一半在风中飞扬。一半洒落阴凉，一半沐浴阳光。非常沉默，非常骄傲。从不依靠，从不寻找。"是啊，做一棵宁静而从容享受快乐阳光的大树吧。树的形象，本身就是自我陪伴，淡然自若，从容不迫。

著名演员林青霞曾这样说过："人生路上，不要焦虑未来可能会发生的事。因为那些事，在现在，你觉得很大。而真的到了那一天，却会很自然地过去。所以，人生的一切，都无须焦虑。因为，你在不断成熟，你的心理承受力在不断加强。强到即使最亲的人离世，你也会平静地处理好所有事，继续过好自己的生活。当你看透生死，一切顺其自然就好。平静地渡过内心每一道难关，面对它、接受它、处理它、放下它。不回望过去，不畏惧未来。过好生命中当下的每一天。”是的，人生就是这样。当每一次风雨袭来，无人为你遮风挡雨，你只能自己寻找避雨之处。寻找的过程，就是成长的过程。人生路上，有人帮你，是你的幸运。无人帮你，是公正的命运。请记住一句话：“别人帮你是情分，不帮你是本分！”人生路上，积德无须人见，行善自有天知。我们所做的一切，心知道，便足矣。

所以，快来陪陪亲爱的自己吧。陪陪那个忙碌而疲惫的自己，陪陪那个历经风雨不惧苦难的自己，陪陪那个一往无前、风雨兼程的自己，陪陪那个边走边唱、乐观向上的自己。

一个人，静坐窗前，可以什么都想，也可以什么都不想。一个人，给自己煮碗粥，做道菜，犒赏一下自己的肠胃。一个人，悠闲地漫步，欣赏沿途的风景。一个人，静静地看书，品味精神大餐。一个人，优雅地品茶，听音乐。此时此刻，整个世界都只有自己，这就是极致的幸福。

陪陪亲爱的自己。因为明天，依然要去奋斗、去拼搏，去为了美好的未来而努力。

那么，今天，此刻，所谓善待自我，其实就是好好地陪陪亲爱的自己。

漂泊的青春书为伴

18 岁，青春年少的我，有了人生的第一份工作，在一家保险柜厂当钳工。

我的师傅人人尊敬，因为他是 8 级钳工。他对我很有耐心，说，女孩子娇弱，慢慢干。钳工的活儿要出力。要用又大又重的铁剪刀剪铁皮，那铁皮就是保险柜的外门。一天干下来，手上就磨出了水疱。

厂里给我们分的宿舍是窑洞，两个人一间。我和豆豆一间。窑洞里空空荡荡，只摆着两张木床。我们把带来的箱子往床边一搭，就成了饭桌。电灯悬在高处，窑洞显得相当昏暗。两个女孩子都有点害怕，晚上睡觉前就把灯绳接长了，缠在床头。一有动静，便立即开灯查看。感觉就像两只惊弓之鸟。

窑洞陈旧，窗户开得很低。我们只能看到窗外的人走过的双腿，看不到上半身。窑洞位于厂区边缘，野草丛生，分外荒凉。

豆豆家离厂子近，她天天回家。晚上就只剩我一个人了。外面是漫天飞雪，室内滴水成冰。盖了两床棉被的我，依然冻得嘴唇打战。更要命的是，寒风呼啸，风声让我胆战心惊。一个年仅 18 岁的女孩子，就这样，在冬雪中，在一间简陋的窑洞中苦度时光。

于是，每到深夜，我都拉亮电灯，盖着被子通宵读书。厂里给我们办了借书证，每个月可以去厂图书室借阅10本书。为了熬过那似乎没有尽头的严冬，在工作一天之后，为了抵抗心灵深处的孤独与隐隐的不安，我读了大量的书。为了有书读，我把其他人的借书证都要了过来，这样我就可以随时去借书了。

在那个没有娱乐、没有手机、没有网络的时代，我的青春依然分外光彩。春节联欢会上，我为大家演唱《大海啊故乡》，赢得阵阵掌声。在厂团委组织的百科知识大赛中，爱读书的我一举夺冠，获得一台微型收音机的奖励。后来，因为表现好，我被调到电视机厂，和父母得以团聚。

父母常问我，那段时间你是怎么过来的？我笑笑说，别问了，一切都过去了。其实，在我内心深处，那段艰辛的时光我永远不会忘记。漂泊的青春，让我变得勇敢，敢走夜路，不惧艰难。让我笑迎风雪，独立坚强。让我成为一名优秀钳工，让我的师傅对我啧啧称赞。有人为此很不服气，说，为什么她就那么优秀？

我微笑不语，默默地摊开两只手给他看。曾经的水疱，已结成老茧。不用戴手套，我两分钟就能剪好一张铁皮。速度快，质量好。更重要的是，在那些孤寂的日子里，书给了我无穷的力量，拓宽了我的视野，温暖了我的灵魂。

原来我是如此幸福

从来不知道，自己是如此幸福。

这平凡的生活，日复一日。每天，热好牛奶，煎好鸡蛋，餐桌上还有刚出炉的面包。我去叫醒孩子，让他吃了早饭去上学。然后我静静地吃早餐，看当天刚送来的散发着油墨清香的报纸。

站在阳台上，享受阳光的拥抱。

打开电脑，上网，和朋友在QQ上闲聊几句。然后打开文档，开始写作。

出去买菜，脚步悠闲。做好午饭，和儿子同吃。看他午睡，睡得那么安详，像个可爱的婴儿。

时间到了，叫醒他去上学。我继续在电脑前忙碌。朋友来电话说，出去吃晚饭吧。我说好。穿上刚买的新衣，在穿衣镜前从容地转身，看自己镜中的形象，是那么优雅。

和朋友小聚，气氛轻松。晚餐丰富，都是我爱吃的东西。朋友的笑脸，如此温馨。回家的路上，买了水果去看母亲。母亲气色不错，正在为我织毛衣。我说，还早呢，不着急织。母亲说，等到了冬天再织，就晚了。毛衣就得现在织。

温暖在心。

顺路买了儿子最爱吃的食品回家。看儿子吃得开心，我也很开心。饭后，我们各进各的房间，他玩电脑游戏，我在书房里写作。生活就是这样，日复一日，甚至觉得有点单调。

当舟曲遭遇特大泥石流的消息传来，我的心便不再平静。我关注舟曲人的安危，我为他们祈祷，为他们送上祝福。同时也才深深地明白，原来我是如此幸福。

灾区的那些真实到残酷的照片，让我不忍去看。生命是那么脆弱，瞬息便消失无踪。活下来的人，还要承受痛失家园的酸楚，挑起重建家园的重担。

原来我是如此幸福，原来幸福就是这么简单。有好朋友可以小聚，倾诉心声。有亲人可以温暖我心，有平静的生活可以享受。每天，阳光照在我的窗台，头顶是蓝色的天空，有白鸽自由地飞翔。每天，窗外花香袭人，告诉我季节的美丽。我就这么自由而幸福地生活着。

我终于懂得了珍惜。珍惜每一天幸福的日子。

原来我是如此幸福啊！

“乐活低碳”八个“一”

人生路上，为求生存与发展，每个人都在尽全力奔跑。芸芸众生，终日忙碌，你是否早已忘记了最初的微笑和最简单的快乐了呢？如果你觉得“低碳”只是每周少开一天车、不用面巾纸、减少树的砍伐等，那你其实还没有真正了解“低碳”的意义所在。能与你心灵相通的“乐活”才是真正意义上的“低碳”生活。让我们从现在起，认真实施“乐活低碳”八个“一”，一点一滴收获属于自己的快乐人生吧！

首先，给自己一个读书的理由。营造一个适合读书的氛围，舒适的沙发，温暖的灯光，一杯香茗，静谧的夜晚，宁静地阅读。读自己想读的书，是何等快乐。这样的“低碳”生活，成本不多，却能带给心灵最美的享受，何乐而不为？

学做一套简单的瑜伽动作，动作并不复杂，一学就会。在柔曼的音乐声中，一颗心仿佛沐浴在海边的月光下，沉静而诗意。闭上眼睛，聆听优美的旋律，舒缓地伸展四肢，让心灵与天地万物融为一体。身心泰然，悠游自在。

养花种花，至少一盆。欣喜地看一粒种子破土而出，能够深刻地感觉到生命力的神奇。盆栽植物不仅愉悦身心，同时还能改善室内空气质量，令满室生香，空气清新。我一向喜欢养花，家中有花若干。除君子兰、大叶海棠、令箭荷花、太阳花、吊兰、沙漠玫瑰之外，纤细的文竹、娇羞的含羞草也是我钟爱的盆栽植物，它们让居室绿意盎然、充满生机。

家里有洗衣机，但我坚持每周手洗一次衣物。白毛衣、白衬衫等，手洗效果更佳。手洗衣物，不仅省水省电，而且对心情也是一种洗礼。当你将自己亲手洗涤的衣物晾晒在阳光下时，那种快乐，不言而喻。

每周一次，梳理心情。人生谁无烦恼？只能自己去开解。我的做法是，每个周末，在灯下，一条一条地列出一周来自己的烦恼所在。然后，静静地思索，厘清头绪，将解决办法一一写在后面。俗话说，人无远虑，必有近忧。其实，科学证实，每个人生活中所忧虑的事情95%是不会真实发生的。也就是说，这个世界根本没有你想象的那么糟糕，许多你所担心的事情压根就不会发生。这样做的好处是，我对自己的未来更加充满信心，也更加热爱生活。

每天吃一种红色果蔬。草莓、西红柿、樱桃、苹果、石榴……这些水果对身体有益，具有美白、防晒、补血、防癌等功效。心理学家认为，红色更易向人们传递温暖感及呵护感。所以，它们对心灵也是很好的慰藉。

每周尝试做一道新菜。科学研究表明，味觉和幸福感紧密相连。当你吃到一款美味的时候，你甚至会由衷地感叹生活在这个世界上真好。生活本身很平淡，但我们可以通过品尝美食，增加幸福感。让自己更明了，生活其实很美好。

每两周来一次“微旅行”。背上行囊，轻松出发，向着阳光，向着原野。短途旅行，离家不远。赏花、游湖、登山、徒步或骑车均可。一日即可打个来回，能够彻底放松身心。回归绿色山林，观赏季节美景，“微旅行”魅力无穷。

“乐活低碳”八个“一”，幸福人生真美好。

书里书外皆风景

手头的这本《读书的“风景”》,是陈平原写的。把读书的种种乐趣一一展示出来,读来妙趣横生。

在“自序”中,作者这样写道:“书中展示的,不是包治百病的‘良方’,也不是经济实用的‘指南’,只不过是一片郁郁葱葱、期待有心人徜徉其间并评头品足的‘读书的风景’。‘读书’‘大学’‘人文学’三个话题,有自家兴趣及能力的限制,但更主要的是,我以为此乃当下中国大学的‘关键问题’。”

静静地捧读此书,沉浸在诗意的读书的风景之中,一颗心静谧而温暖。

在书中,作者既谈到了或正襟危坐,或如鲁迅先生所说的那种“随便翻翻”的阅读姿态,也谈到了或居高临下,或高山仰止的读书策略。作者从各个角度分析和解说了读书的乐趣、态度及方法。在“怀想三十年前的‘读书’”一文中,作者不仅回顾了自己当年在大学读书时,由于特殊年代造成的独特的阅读趣味和快乐,还特别附上一份记忆中的阅读书单。这不仅是向读者推荐书单中的书目,更重要的是提醒读者一个社会时代对个人阅读的影响以及清理阅读书目的好习惯，真可谓用心良苦。

在"作为一种生活方式的'读书'"一文中，作者出示的一张照片令人动容。那是1940年伦敦大轰炸期间坍塌的西伦敦荷兰屋图书馆，"靠墙的书架并没倒下。瓦砾堆中，三个男子还在怡然自得地阅读"。作者感慨地评论道："这固然是对抗厄运，坚信未来的证明，但同时当然也可以解读为'阅读'已经成为人们必要的日常生活，成为生命存在的标志。"这张珍贵的照片让我深刻地意识到，无论处于何种境地，读书都是人世间最美的风景。尤其在孤独与困苦中，有书可读和热爱读书这两点，必将使处于逆境中的人们充满向上的力量，这是毋庸置疑的。当读书作为习惯，人生纵然不是一路坦途，我们也可以通过读书、思考、积极上进，到达成功的彼岸。

在"训练、才情与舞台"一文中，作者强调，一个人，在拥有一定的才华的同时，更应具备坚强的毅力。在这篇文章中，作者提到一次在北京搭出租车与司机聊天的故事，并说当听到略显疲惫的司机说到要是孩子能上北大，念多少年书都愿意供时不禁动容落泪的情景。家长对孩子寄予的殷切期望，成为一道朴实的风景。只要孩子爱读书，父母都会全力支持。付出所有，不计辛劳，为孩子创造求学的条件。希望孩子们懂得珍惜，珍惜每一个能够安安静静读书的日子。因为这样的日子，充满书香，芬芳心灵。

在书中，作者引用了福楼拜这句话："阅读是为了活着。"是啊，人之为人，不能停留于物质性的"存在"，还应追求精神高度的"活着"。大学生们应当学会品味读书的乐趣，而不要仅仅为了文凭而读书。

作者认为，读书的意义在于保持一种思考、反省、批判、上下求索的姿态和能力。这个论点,我极其赞成。互联网的出现,使获取知识的途径变得更为快捷,也使读书原有的三个功能——阅读、求知、修养都受到了极大的影响。当阅读和修养两者不再同步之后,读书对人格、心灵、气质、外在形象的塑造等,都被切断了。因此,捧书阅读,是应该长久坚持的事情。并且,阅读带来的乐趣,是独特的人生享受,不应轻易被其他事物所替代。因为,阅读的最大好处,不仅是获取知识,同时还能够净化灵魂。

书里书外皆风景,人生绚烂有诗意。

第六辑

载着“正能量”向前飞奔

人生充满竞争，对手真的存在。那称得起对手二字的人，一定是某些地方比你强的人。不嫉妒对手的强大，我们奋发努力，迎头赶上就是了。让我们比对手更勤奋，比对手更努力，比对手更刻苦，比对手更认真吧。人生路上，亲情、爱情、友情，时刻在为我们补充“正能量”。走在阳光下，我们要对自己的未来充满信心。

在最深的红尘里相逢

当年，芳龄十八的我，在电视机厂工作，是流水线上的插件工，每53秒插一块线路板，工作既乏味又单调。也正是在这个时候，我与王蒙的长篇小说《青春万岁》有缘相逢。那是在女工宿舍的一角，在一堆报纸杂志里，只露出一小片封面的一本书。我如获至宝，一口气读完了它。这部小说让我浮想联翩。小说中所描写的那一群高三女生的学习、生活，让我无比向往。她们不断探索的精神，昂扬向上的斗志，如诗似歌的青春热情，都让我的心引起共鸣。小说中对爱情的含蓄描写，让我对爱情也越发憧憬。

我萌发了一个想法，我也可以写一部自传体长篇小说，说说我自己的人生故事啊！也就是在那个时候，我有了理想，那就是成为一位作家。理想的起源，是来自王蒙的这部作品。因为这部作品，让我对王蒙有了崇敬之情。我想看看王蒙到底长的是什么样子。让我意料不到的是，这个心愿，20年后的一天，终于得以实现。就像我的理想，20年后，才终于梦圆。

在国企的日子沉闷而单调。工休时，女工们打扑克、下棋、聊天、织毛衣，我则在看书。生活的单调与乏味让我心里满是烦恼。当退稿信一次次浇灭我的希望之火，我甚至开始怀疑自己，到底是不是当作家的料。我的家庭没有半点文化氛围。母亲是文盲，真的是一个大字也不识。父亲高小文化，勉强能写封书信。每个月工资70元，我只留下5元钱用来买书，其余全交给父亲。平凡人的人生，琐碎而充满小市民气息，让我无比郁闷。于是我在王蒙的作品中寻找人生问题的诸多答案。

在众多的人物形象中，《杂色》里那位落寞、颓唐，百无聊赖却又不甘消沉的“右派”音乐家曹千里让我于潸然落泪中读到不屈的抗争与充满希望的呐喊。这篇小说深深震撼了我的心灵。

在《杂色》中，作家王蒙运用调侃式的语调使主人公进行大量内心独白时，突然让那匹杂色的老马也开口说出话来，并且多次与主人公进行对话，甚至虚拟一位文学评论家此时插话说：“他在描写马说话，这使我十分惊异，但我暂时不准备发表评论。”

王蒙在《杂色》里，让那匹作为自己精神象征的杂色老马多次喊出：“让我跑一次吧！”“让我拿出最大的力量跑一次吧！”实际上，这正是王蒙身处逆境中的心声。在遭禁锢的日子里，王蒙更渴望拥有自由的意志。

王蒙的《如歌的行板》让我沉浸在音乐中，进而更深刻地思考人生的意义与价值所在。正如“序言”中王蒙所说：“虽然年华老去，虽然我们已经不再单纯，虽然我们不得不停下来舔一舔自己的伤口，虽然我们自己对自己感到愈来愈多的不满……又有什么方法！如果夜阑人静，你聆听了柴可夫斯基的《如歌的行板》，你也许能够再次落下你青年时代落过的泪水。只要还在人间，你就不会完全麻木。”

我深刻感悟到的是，《如歌的行板》伴着我的人生。它让我在寂寞时拥有宁静，在喧嚣中独自行进。这部小说让我意识到的最重要的一点是，人都是孤独的。孤独中，只要有音乐相伴，只要你拥有理想，你可以平静地坚守孤独，去实现你的理想。

王蒙的《深的湖》带给我无尽的思索。我意识到一点，那就是，一个人的心，比天空高远、比海洋深邃，可以盛得下万物，甚至宇宙。原来，一个人的心，可以深得如同一个湖。你看湖面平静美丽，其实，湖心却是大浪滔天，具有深不可测的力量。这就是来自心灵的力量。

王蒙的作品给了我力量。我的业余写作，继续坚持了下去。

时光荏苒，我结了婚，有了孩子。在平凡的生活与工作中，我和王蒙不离不弃。凡书店能买到的王蒙的作品，我都买来阅读。我阅读了他许多的小小说。在那个时候，小小说或微型小说这个概念我并不知道，我只是觉得，这样的作品简洁、幽默，而且篇幅很短，生动有趣。这样的作品直击人生、直面社会，具辛辣的幽默与讽刺意味，我非常喜欢。比如王蒙的《说客盈门》《失恋的乌鸦及其他》《不如酸辣汤及其他》都带给我一种全新的阅读的惊喜。让我觉得，王蒙其实和我一样，生活在人间、在社会里，而不是不食人间烟火，居住在象牙塔内。他的小小说，让我的心灵更贴近他，感受到一个既是作家又是凡人的王蒙的更具现实意义的一面。

比如他的小小说《邮箱》，让我在繁华都市的生活中读到一种落寞与苍凉。当通信方式越来越发达，当手写信成为一种奢侈的心理需求，当电脑普及的今天，邮箱里却一封邮件也没有的时候，不只文中的老王，还有身为读者的我，都感到精神世界的寂寞。这都是都市生活的真实写照。楼越盖越高，心越离越远。老王心中的那句感慨，也是我心中的感慨：“看起来，不只是伟大的人物会感到寂寞，渺小的人物更会感到寂寞呢！”

是的，我的心很寂寞。但是，在寂寞中，我依然坚守理想，继续我的写作。哪怕发表不了。我对自己说，这是你人生的记录，你留着自己慢慢看吧。

人生的坎坷，从30岁起。人到中年，我还两手空空，一无所有。婚姻解体，我离开了苦心经营7年的家，成为单身女人。

后来，复婚，为了孩子。没想到婚姻是那么脆弱，到头来，那个负心人再次提出离婚。我们分手了。

儿子不愿跟他生活，我就和儿子相依为命。没想到，因为经营不善，我所在的国企破产了。无奈，我买断工龄，成为失业大军中的一员，奔波在求职路上。

求职的艰难让我不得不认真思考自己的未来。我决心以长项立足，写作养家。一开始在本地报纸上发稿，稿费低而且来得不及时，我和儿子生活很艰辛。

这时候，我巧遇王蒙的《在伊犁》系列小说。

我惊讶，王蒙不是一直在北京生活与工作吗？怎么会在新疆维吾尔自治区出现呢？买下那套珍贵的小说，在阅读中，我明白了一切。

原来王蒙受的苦，比我多多了。与王蒙的苦难相比，我的这一点人生的挫折，根本算不了什么。

人生的答案在哪里？人应该怎样生活？人生的意义是什么？认真读了王蒙的《在伊犁》系列小说，我的眼前有了一个光明的世界。那是一个人灵魂的安详带来的宁静的感觉。王蒙的豁达、乐观、热爱生活及对伊犁的景色描写，都深深感染着我，让我沉醉其中，并找到了人生的方向。那就是，无论在何种境地，也要乐观向上，勇敢面对生活，并且包容一切。相信人性是善良的，相信太阳会照常升起。相信红尘中，快乐是永恒的主题。

在王蒙创造的艺术世界中，伊犁，是新鲜、奇特、瑰丽的一角。在这一角里，不仅有各民族兄弟姐妹色彩缤纷、形神毕肖的人物画廊，不仅有边城、农村、鹰谷的旖旎风光、纯朴氛围、幽深境界，不仅有动乱年代的喧嚣、大千世界的剪影、世态人情的写照，而且我仿佛看到了敞开自己灵魂的王蒙，那个真诚、坦荡的王蒙。

王蒙对人生与人性的深刻思考影响着我，改变着我对世间的看法。让我也学着做一个豁达的人，一个相信未来会很美好的人。王蒙的作品，让我明白——原来，一个人的思想可以无限高远，一个人的心灵可以自由而深邃，一个人的灵魂可以深沉而美丽。

王蒙的文笔收放自如，既可以婉约深情，也可以深刻而犀利。同时也可以幽默而诙谐，于谈笑间对不好的社会现状进行辛辣的讽刺。

很认真地看了王蒙的人生——著名作家王蒙，14岁入党，19岁写出了长篇小说《青春万岁》。22岁写了《组织部新来的年轻人》，给他的人生带来大喜大悲。29岁举家西迁新疆，一待就是整整16年。改革开放后，升任中央委员，官从文化部部长。但不久即主动请辞，全身心投入文学创作中。一生著作颇丰。作品反映了中国人民在前进道路上的坎坷历程，他也由初期的热情、纯真趋于后来的清醒、冷峻，而且乐观向上、激情充沛，并在创作中进行不倦的探索和创新，成为当代文坛上创作最为丰硕、始终保持创作活力的作家之一。国内首开新时期意识流小说创作先河，倡导作家学者化、学者作家化，掀起人文精神大讨论，是中国当代文学走向现代写作技巧的开拓者。

我在心底认为，这样的介绍实在太简单了。王蒙的人生，苦难与磨砺，其中滋味，只有王蒙自己心里清楚。

在人生路上，继续阅读王蒙的作品，我的写作水平也在不断提高。当我读了王蒙的《王蒙自述：我的人生哲学》之后，对自己的人生，我有了更乐观的看法。我相信自己，只要努力就能成功。

爱默生有一句名言："一个人如果没有参观过痛苦的展览所，他只见过半个宇宙。"继而，我认为，只有阅尽人间沧桑的人，才有资格探讨人生的真谛；只有亲历生活苦难的人，才能跳出苦难看人生；只有满怀坦诚的成功者，才会给我们以真实的人生指向；只有用理性指导人生而不惮躬耕的实践者，才能讲出人生的道理。而呈现在我面前的《王蒙自述：我的人生哲学》正是这样一本不可多得的好书。

人生峰回路转，生活展开了笑脸拥抱我。不断写作中，我走向了全国。稿费足够我养家，我和儿子生活得很幸福。2005年加入市作协，2007年加入省作协。20年风雨中走来，从下岗女工到职业作家，我终于走向成功，事业辉煌，写作丰收。

人生的路上，鲜花朵朵。

人生给我的最大褒奖，就是让我见到了王蒙，并且与他紧紧相拥！20年前的期盼，一朝终于变成了现实。

那年夏天，在南航国际宾馆三楼，我参加了全国著名作家走进新疆维吾尔自治区采风启动仪式及王蒙写新疆维吾尔自治区作品研讨会。

会上我见到了近百位全国著名作家。其中有诗人舒婷、田丁，有著名作家、原文化部部长王蒙，有中国作家协会主席铁凝，以及著名作家陆天明、林立、迟子建等。可惜的是，主席台上的王蒙离我实在太远了，我看不清他的长相。

王蒙写新疆维吾尔自治区作品研讨会很热烈。许多全国著名作家对王蒙的小说系列作品《在伊犁》进行了研讨。

我上台发言，把我20年坚持写作并最终实现理想的过程说了一遍。我真心感谢王蒙的作品改变了我的人生，敬仰他伟大的人格魅力。

会后，王蒙亲切地拍拍我的肩，笑着说，你就是夏爱华啊，你的发言很好。

我真的没想到王蒙会这样亲切地出现在自己面前，惊呆了。我迟疑地问，你是王蒙？刚才离得远，我没看清。

王蒙微笑着点点头，说，是啊，我是。

巨大的狂喜心情冲击我的心。我激动地说，20年了，让我抱抱你吧！说着，我张开双臂拥抱了王蒙。与一个伟大的灵魂亲密相拥，我的心，在那一瞬间，变得无比宁静而澄澈，像阳光下的小溪，美丽而安详。

20年来，无数次猜想王蒙到底长什么样子。20年后的今天，有缘与王蒙相识，原来现实中的他，真的与我想象中的相差无几。温和、亲切、随和，幽默、乐观、豁达。笑容灿烂，平易近人，这就是王蒙。

20年来，在最深的红尘里，在人生的坎坷路上，我与王蒙无数次相逢。因为，对一个读者来说，阅读一个伟大的作家的作品，就是与他的纯洁的灵魂的一次相逢。

20年来，在最深的红尘里，王蒙的作品，以及从作品里散发出的强烈的人格魅力，深刻地影响着我人生思索的走向，并因此改写了我的人生轨迹。一句话，没有王蒙，就没有我的今天。

面对王蒙，就像面对一片迷人的海。这迷人的海无际无涯、丰富多彩，神奇多变，时而波光潋滟，时而浪涛飞溅，呈现出的奇观令人目不暇接，心旷神怡。观者总想对此探寻和研究个究竟，弄个明白，然而想用任何一种简单的、轻而易举的话语去概括并做出结论，都不是件容易的事情。

王蒙是名副其实的小说家。同时，他还是散文家、诗人和学者，他还是一个思想者和勇于创新的人。

在时光的长河里，王蒙永远存在。在最深的红尘里与王蒙相逢，我获得了追求理想的动力，我有了更为深刻的人生认识。在阅读了王蒙最新的作品《老子的帮助》之后，我对王蒙更加敬仰。王蒙说，19 岁时，我写不出《老子的帮助》。而现在，我也不可能写出《青春万岁》了。

因为年龄、阅历的增长，因为经历苦难的历程，王蒙的作品也在与时俱进。而今，时年 75 岁的王蒙，更加豁达、包容，更加诗意、悠远。

在最深的红尘里与王蒙相逢，我的人生因此与众不同。

拥有健康最幸福

当我写下这个题目的时候，心情万分沉重。因为，我人生的知己，我最好的朋友，因为过度劳累，死在自己的办公桌前，英年早逝。上有七旬老母，下有妻子孩子。白发人送黑发人，是世上最凄凉的事，他的母亲几度哭得昏死过去。

我几乎不敢相信眼前的一切。昨天，就在昨天，我们在一起吃晚饭，他的计划，他侃侃而谈。对未来，充满希望。他说他的工作业绩突出，有望加薪。他说住房面积太小了。努力几年，换套大点的房子，把母亲接来住。他说，他已经拟好了十多个文章题目，有空儿把它们写出来，寄出去，发表了，稿费可以贴补家用。他说，他还想在业余再打一份工，兼职做校对，以便增加收入。

是的，他的负担真的很重。孩子上学需要钱。妻子身体又不好。母亲的生活他要操心。他是一个从乡村奋斗出来的人，家乡经常有人来，亲戚、邻里，他要一一接待。他是一个不忘本的人，从来没有忘记过任何一个曾经帮助过他的人，总要尽力帮助别人。这样一来，他几乎没有好好休息的时候。总有事情等他解决，总有人需要他援助。他又是个事业心极强的人，经常加班加点。所以，有一天，飞速旋转的陀螺不堪重负，停止了转动。过劳死，中年人面临的最大危机，生命的隐患，就这样以迅雷不及掩耳之势，追上了他，击倒了他。

不禁想起一个典故。张飞一日放言："我无所畏惧！"孔明轻声在他耳边说道："君不惧死，可惧病否？"张飞听后面色大变，无言以对。

死不足惧。但纠缠不休的伤病，却时刻在消磨我们的斗志和我们对于理想的追求。

曾经以为自己一无所有，穷得只剩下每月的这点工资。而今，朋友的仓促离去让我感受颇多。

我想我是幸福的。因为我毕竟还很健康，我的心灵格外自由。于工作之余，我可以写我喜欢写的各样内容的文章。原来，我的人生是这样的圆满。而健康，是我最宝贵的财富。如果承载我们生命的身体受到重创，那么，我们人生的内容，肯定会充满了忧伤。

健康是福。当我合十双掌，默默祈祷朋友安息时，我也希望世上所有热爱生活、珍惜生命的人们，拥有一个健康的体魄。

当健康伴随着我们的时候，我们就是幸福的。我们可以用健康的身体，去实现人生的价值，去攀登理想的高峰，多好啊！

握牢人生四只股

爱情如股票。当做出了选择，买下了一只股票后，就不要这山望着那山高，左摇右摆。到了这种时候，哪怕该股跌破了发行价，也绝对不要轻易割肉清仓。要坚定信念，长线持有，等待该股缓慢回升，你也就熬出头来了。谁都知道，半路杀出的黑马，一路走高，令人惊讶的表现往往只在瞬息之间。这样的股票很难给人以安全感。涨得快，跌得也快，瞬息万变，令人欲哭无泪。所以，坚守手中的这只股票，期待好的结果，才是最好的选择。

友情如股票，该抛就抛，能留就留。都说爱情有七年之痒，其实友情也有。曾有的友情，不经意间已经离我们远去。而人生路上，我们会结识新朋友。友情的花，四季流转。人生旅途上，能够突破这种规律，真正一生相伴的朋友，真的不多。人生路上，有一二知己，便是人生绝大的幸福。早晚会离去的朋友，一定会离开。而注定一生有缘的挚友，会与我们携手前行，不离不弃。潇洒看待友情。人生路上，总有一只股票，始终在我们手中持有，这是真正的绩优股。

亲情是一只值得长期持有的股票。长线操作，一生拥有，是你明智的选择。这只股票温暖人心，在关键时刻可以帮你化险为夷。打仗亲兄弟，上阵父子兵。关键时刻，只有亲人才肯舍生忘死，救你于危难中。所以亲情这只股票，绝对不要轻易抛出，最好代代相传，永久持有。

事业如股票。面对挫折与坎坷，心情低落，太正常了。但是，如果任凭自己的消极思想做主，左右自己的思维走向，那太被动。人生如股票，本就是低开高走。但到了一定的时刻，转头向下，俯冲一气，直至探底，那都是有可能的。重要的是，调整心态，适时反弹，这反弹的支撑力就是信念。在人生的低谷要从容应对，坚信未来将会更加美好。人应该学会自我调节，一味在低谷徘徊，极易把自己套牢。解套的方法只有一个，奋起直追，努力向前，哪怕慢慢爬高，也不要一味停滞不前。

红尘纷扰，诱惑多多。但只要你能够牢牢握紧人生路上的这四只股票，能够坚守到底，长期持有，美好的未来就会向你招手。

晒晒幸福又何妨

自从有了博客，常在午夜静静流连。更新自己的博客，也常去网友的博客。

博客是人生的风景。穿行于风景中，心情宁静而惬意。

博客姿态万千，各有不同。有的人的博客，一看就是“杯具”。为情所苦，不可自拔。看得人心生凄凉，恨不得抱着博主大哭一场。一篇篇令人潸然泪下的博文，再配上类似于《二泉映月》那样的旋律，令人不禁回想起自己人生路上的种种不顺。一句话，自杀的心都有了。这样的博客，我敬而远之。人生的坎坷，我经历得不算少。我不想让心变得潮湿，提前进入生命的雨季。

我喜欢那种温馨可爱的博客。音乐山泉一样流淌，模板诗意浪漫。打开这样的博客，眼前立即一亮。清新仿佛雪后的原野，冬日暖阳令人心动。博主叙说着生活中的快乐细节，琐碎而温情。博主有一双发现真、善、美的眼睛。生活在她眼里，无比可爱。

这样的诗意小女人，老公对她好，孩子懂事听话，自己有很好的工作，一切看上去都那么完美。其实我知道，她也有烦恼。比如钱在股市被套牢。比如刚迁入的新居，月月要付按揭款。比如新买的衣服不小心划了一道口子。比如偶尔工作失误被领导训斥。比如亲人住院，她需要天天去照料……

有网友对我说，博客其实也是一个公开的平台，看你博客的人林林总总。所以，千万不要晒幸福，免得别人嫉妒。他继而说，要保持低调，最好低到尘埃里去，不让人发现。因为人生是你自己的，没必要大呼小叫，让世人都听到。

我却想说，其实，在博客上晒晒幸福又何妨？人生短暂，记录下每一个快乐的瞬间，感染其他人，让人们更加热爱生活，何乐而不为？

幸福是由点滴的幸福凝聚成的。被人爱着，是一种幸福。工作顺利，是一种幸福。发了年终奖，是一种幸福。文章发表，是一种幸福。有空儿陪父母聊聊天，是一种幸福……这些，有什么不能说的呢？

晒晒幸福又何妨？我愿用一颗诗意的心，一双善于发现美的眼睛，捕捉生活中幸福的细节，把它串成项链，悬挂在博客上。等待有缘人来看，一起感受生命的美好。

晒晒幸福又何妨？我愿生命中的每一天，世间的每一个人都幸福，快乐，无忧无虑，健康平安。

心如雪湖

不知从何时起，我的心，不再是平静的夏日槐荫下的一潭清凉的静水。心湖荡漾，涟漪骤起，一圈圈的波纹涌出一个个难解的疑惑。我不知道，自己怎么了？

忽然发现自己栖身的蜗居实在太小了。没有双卫、双阳台，没有宽大的书房、漂亮的餐桌、高雅的吧台，没有健身室……总之，没有的东西太多了。

我的心没法不躁动，没法不陷入困惑与迷惘中。因为，我同时还发现，当人们全身心地追逐物质世界的充裕时，精神领域的影响力则在不停地缩水。

20年前，大批文学青年投身写作，渴望有一天成为知名作家。我也是从那时起，拿起创作的笔，开始了对文学写作的不懈追求。而今，我的朋友劝我，放下这支笔吧，业余时间哪怕去夜市摆摊卖冷饮和茶叶蛋也比闷头爬格子挣的钱多。由此，我可以断定，20年前那些热血沸腾投身写作的文学青年，十有八九早都丢下了那支挖掘心灵之泉的笔，去卖冷饮和茶叶蛋了。

甚至在梦中，我都在向往别墅、汽车、环球旅行。每晚，我难以入眠。我在痛苦地思考，是否真的从此远离我所酷爱的写作人生，全身心地投入对金钱的追逐中去。

没有答案。物质和精神原本就是相互制约、相互依存的。我想要多多赚钱，又想精神世界与原先一样丰富。这样一来，我的心便格外沉重。因为，它背负太多，如何能轻装前进呢？

初春的一天，我独自来到天池。阵阵微风，吹拂着我的心胸。那一池碧水，刚刚融化，清澈的雪湖之水与世无争地缓缓流淌。天是那一片蓝莹莹的天，水是那一方清粼粼的水。对面湖畔的雪松，充满生机，却又默然无语。

我问那苍翠的松柏，你们不寂寞吗？我问这一池无言的水，你不孤独吗？我问这高远的苍穹，你不觉得生活太单调了吗？

它们静静地在那里，树站直了倾听，水流淌着倾听，天空湛蓝着倾听，但它们不回答。

我却被它们感动得流泪了。在这里，我找到了答案。平静地生活，平静地写作，平静地拒绝这红尘中名利的诱惑吧。不计较生活中物质的多寡，只要心灵能够感受到发自内心的快乐，今生便已足够。而我深深知道，只有当我握笔在手，尽写人生时，我的心才是快乐的。那么，就让我用这雪湖之水洗净心中所有的躁动，让我平静地拿起笔，书写我的快乐人生吧。因为，雪湖一无所有，但它依然很快乐。只要有湖边的松柏、头顶的蓝天陪伴，它就快乐无比。而我，只要有一支笔陪伴，也一样活得很开心。只要我心如雪湖，平静的雪湖。

“奔奔”载我奔向幸福

一直想拥有一辆自己的私家车。随着生活条件的不断改善，我终于下了决心，买车！

经过8个月的努力，我用稿费买了一辆崭新的长安“奔奔”。造型时尚，轻盈小巧。颜色明快，是纯黄色的，像盛开的向日葵，又令人想起田野间的金黄的麦浪。

周末约朋友吃饭，开车去的。朋友一脸羡慕，说，有私家车了啊，好。随后问我，奔奔啊，为什么不买本田？看我一脸错愕，朋友拍拍我的肩头，说，本田贵啊，是吧？我说，有没有搞错，这是我用稿费买的车。稿费，你懂吗？一个字一个字写出来的，一字一心血啊！

那天，轮胎不小心被钉子扎了一个洞。没办法，只好去车行补胎。正巧碰上以前单位的同事，现在人家下海经商去了，听说赚了许多钱，刚买了一套湖景别墅。人家的车绝对名贵，车身的漆亮可鉴人。几年不见，人家倒还记得我，问我，补胎啊？这是你的车？奔奔啊，为什么不买奔驰？

我想说，这是我用稿费买的车……可一看人家那不屑的眼光，我硬生生把话咽了回去，只简单地说了一句，车嘛，就是为了方便出行而已。你说呢？

说句心里话，我的车小巧轻盈，我非常喜欢。置身繁华的都市街头，想找个停车位，简直比登天还难。车身小巧的"奔奔"带给我很多便利。不仅找车位比较容易，而且倒车快，掉头方便。

我喜欢驾车兜风，感觉无比美妙。金秋时节，一路风景。音乐流淌，诗意无比，我的"奔奔"载着我一路向前。阳光下，微风拂面，车像插了翅膀的鸟儿，带我在天地间自由飞翔。

在我心里，我的"奔奔"，即使停在豪华的"宝马"旁边，我也绝不会有一丝一毫的自卑。因为这是我用稿费买的车，买车的每一分钱都浸透了我的汗水，还有智慧。5万元的车款，报纸就算是一篇50元吧，2万元钱那得发表400篇文章才行。实际上，有的报纸稿费很低，一篇文章只给二三十元的稿费。杂志呢，就算是一篇150元吧，3万元钱那也得发表200篇文章才行。这样算下来，这辆"奔奔"，是我在全国范围的报刊上，至少发表了600篇左右的文章买下来的。仅用了8个月时间，我就实现了梦想，用5万元稿费买了车，对此我无比自豪。

我不是做生意的老板，我只是一个热爱写作的人，用一支笔换来一辆车，我心情很爽。别人的车再好，我也绝不会羡慕。我无比珍爱我的"奔奔"，虽然它并不名贵，却是我的骄傲。

现在，拥有了爱车的我，上下班不用去挤公交车了，车内的空调让我感觉很惬意。可以随时驾车兜风，享受金秋晚风的凉爽。可以经常去探望母亲，车直接停在母亲家的楼下。可以时常和亲朋好友前往美食街，品尝各式美食，真是心花怒放。

家有"奔奔"，我幸福无比。用稿费赚钱买的车，是我手心里的珍宝。可爱的"奔奔"载我奔向幸福，人生旅途上一路阳光，我的心情无比舒畅。

绽放心灵

一向认为,女人如花,当为心爱的人绽放。正因如此,人生路上,一路追逐,只为留住那一世的缘分,一生的牵挂。也一直认为,人海中,一定能找到相知的伴侣,携手一生。而事实是,人海茫茫,知己难求。人到中年,我两手空空。曾经的婚姻已画上句号,爱情像高飞的小鸟不知所踪。儿子长大了,去开拓自己的前程了。小小蜗居,只有我独自栖息。不禁感叹,女人花,该凋谢时也就凋谢了。

更令人感慨的是,不知从何时开始,我的眼角出现了第一道皱纹。一经发现,我的心立刻恐慌起来。想抚平它,是徒劳的。它是岁月之刀刻下的人生记录,述说着生命长河中曾经有过的风霜。

从此,我不敢笑。因为,一笑,眼角的皱纹就更加清晰、更加明显。做女人真难。有时,笑一笑,也成了惩罚我的利器。

一次,去女友家做客。女友比我大一岁,可是收拾得利索精干。时值初春,时尚的女友于毛衣外罩一件粉色镂空衫,飘逸可爱。胸前,一只丝制的玉色蝴蝶轻盈飘飞。香肩玉臂,纤柔温婉。笑靥如花,长发飘飘。奔四的女人,美丽可爱,成熟端庄,看得我越发自卑起来。于是,忍不住对她说，我比你还小一岁呢。看看你，光彩照人，可是我却像安徒生笔下的丑小鸭。

女友笑答，我也奇怪，你为什么不笑啊？我叹息道，唉，你看看我眼角的皱纹吧，哪敢笑啊？女友的笑容更加灿烂。一伸手，一把扯掉了那一头飘飘长发。天，她竟然戴的是假发！

没想到吧？这秘密，我一直没跟你说过。3年前，为了治病，我做过化疗。病后来好了，可头发却大量脱落……我惊讶得说不出话来。

还有你不知道的呢。女友说着，张开嘴，把一颗大门牙取了下来。她说，两年前的事了。当时我参加一个模特大赛。在后台候场时，因为场地窄，后面的模特一直往前挤，硬是把我挤倒在地，这颗门牙就光荣"下岗"了。

再看此时的女友，缺了门牙的她，一张脸滑稽可笑极了，让我立刻联想到绿色森林里的长耳朵、红眼睛、三瓣嘴的小野兔。

还有一件事是你不知道的，今天我也告诉你吧。女友说着，敞开内衣，我震惊地看见她的左胸是平平的，她竟然缺了一个乳房！

是这样的，女友平静地说。一次例行体检时，我得知自己患了乳腺癌。为了防止癌细胞扩散，我只好同意医生的建议，切除了一边的乳房。你现在知道了吧？我的胸罩一边塞的全是丝绵。

我的心，感到深深的震撼。

女友利索地重新穿好衣服，戴上假牙，戴上假发，一张青春焕发的脸立刻出现在我的面前。女友在我耳边轻语，对女人而言，衰老是很自然的事情。再加上频繁出现的意外事件，其实我的生活比你坎坷多了。我能做到的，就是继续美丽地绽放。

挽着女友的手，我告诉她我的故事。女友听完，半晌无语。我说，不管怎么说,你都比我幸福。女友轻声说,不是的。我的他,半个月前出了车祸,已去了天国安息……我震惊得说不出话来。为什么,你不告诉我?

我只是想,快乐,我愿与朋友分享。而痛苦,是我自己的秘密。所以,我不想告诉任何人。

与女友紧紧相拥,感受她的心坚强地跳动。我明白了,女人花,之所以长盛不衰,首先,是源于坚韧。那风雪压不倒的,那风雨淋不透的,那磨难打不垮的,是一颗执着地想要盛开的心。

从此以后,我不再在意自己的年龄,也不再刻意隐瞒自己单身的身份。一切随缘,我相信,生命不止,有一天,那与我有缘的人会来到我身边。

每天,我把微笑带给身边的每个人。生命在于运动,我坚持晨跑。我摇呼啦圈,踢毽子,每天跳绳一百次。即使在车站等车,我也要抓着路边的栏杆,活动一下手脚。我自创了办公室运动招式,即使坐在椅子上,也可以进行健身运动。我的小小蜗居,温暖而舒适。每天清晨,笑迎一窗阳光,我知道自己,是绽放在阳光下的花朵。生命静好,恬静美丽。有故事的女人,更有着别样的精彩、独特的魅力。

心若盛开,生命必将更加美丽。

你的烦恼与我无关

网络世界五彩缤纷，令人无比迷恋。初入网海，我热衷于在各网站的聊天室自由游走。一来可以提高打字速度，二来也顺便消磨了时间。

一天晚上，因为心情不好，极想找人倾诉心曲。午夜时分，轻点鼠标，如同游鱼一般，我轻盈地滑进了浩瀚的网海。刚进新浪聊天室，就见一个名叫“快乐同行”的网友与我打招呼：“美女，晚上好！”

我说，可是我一点也不好。我问他，想听听我的故事吗？他答，不想。我问，为什么？他说，我是上网来找快乐的，你的烦恼与我无关。

遭此挫折，我聊天的兴致锐减。没精打采地退出聊天室，从此再也没去过。

有了QQ之后，有的网友一见我就缠住不放。一味抱怨工作不顺心，婆媳难相处，老公不浪漫，孩子不听话……联想到曾经的自己，我终于懂得了“快乐同行”当时的心情。人生于世，竞争激烈，每个人都活得不容易。当忙完一天的工作，好容易有点闲暇时光，可以畅游网海时，寻找快乐的感觉是那么强烈。换位思考一下，红尘间，谁人无烦恼，但谁又会心甘情愿地成为别人免费的“情绪垃圾桶”呢？这样一想，心胸豁然开朗，心结迎刃而解。

从此以后，畅游网海，一颗心自由而快乐。是的，生活中我有我的烦恼，甚至忧伤。但这是我的私事儿，我不说。听到网友无休止的抱怨、诉苦，我不会刻意打断对方的倾诉，而是恰到好处地转移话题，让他盘点一下生活中自己究竟拥有什么。健康的身体是无价的，努力奋斗是最好的，家人团聚何等幸福，邻里相处融洽多么开心……红尘中，支撑我们精神的三大支柱——亲情、友情、爱情，如果你样样都有，那你还有什么可抱怨的呢？人生难得完美，有梦想就去追求。曾经的遗憾就让它随风而逝，学会遗忘是智者的选择。

一句话，亲爱的网友——你的烦恼与我无关，我衷心祝你幸福、平安。

定格美丽的“拍客”

工作之余，我最大的爱好是摄影。我的第一部相机是“傻瓜”，很好用。假日出游，给全家人拍合照就是我的“任务”。但拍出的照片，效果并不理想。虽然如此，我也要感谢它。因为它，往昔的流金岁月，尽在相册收藏。

后来，我买了一部好一点的相机，画面清晰多了。但是冲洗胶卷，我觉得特别麻烦。

一次，旅游途中，巧遇一款漂亮的卡片机，数码的。爱不释手的我，立刻买了下来。因为它真的非常适合我。时尚动感的外形，大屏幕液晶屏，小巧超薄的机身……尤其是它具备可随时上传照片的功能，让我非常青睐它。

我常常把它塞进我的小小的手袋里，带着它出门，和它形影不离。旅行出游，家庭聚会，卡片机也都可以游刃有余。虽然它的功能并不是十分强大，但是它具备最基本的曝光补偿功能，让我对画面的曝光可以轻松掌握，再配合色彩、清晰度、对比度，我拍出来的照片亲友们都说很好看，这让我感到很自豪。但我随后发现，其实照片并不完美，画质稍差一些。

为了更上一层楼，业余时间我报名参加了摄影学习班。经过系统学习才知道，原来照片拍摄质量的高低，是与相机的像素高低息息相关的。如果像素太低，照片自然不会太好；但如果像素很高，而摄影水平很差，质量同样也不会太好；如果像素和摄影的水平都很高，但拍照时选择的角度不好也不行。

当我用稿费买了新车之后，为了拍摄到更漂亮的照片，我的相机也随之升级换代，“鸟枪换炮”了。花 5000 元买的佳能数码单反相机 EOS550D，不仅画质好，而且像素高。拍出来的照片效果极佳。同时它还支持高清录像，带给我无限惊喜。紧接着我就开始不厌其烦地添置各种镜头了，标头、长变焦、广角变焦，再就是长定焦、标定焦。镜头基本够用了，我又开始添置滤镜、偏振、移轴、远摄。随之而来的是各种配件：手柄、电池、三脚架、背包、快门线……

有了好相机，拍照就是赏心乐事了。取景、对焦、按快门，一张照片完成了。摄影，其实就是这么简单。但我深知，要拍到一张完美佳照，其实很不简单。色彩对比，明暗度对比，以及构图的角度等等，里面的学问大着呢！

现在的我，经常驾车兜风，感受城市的变化、季节的变迁。随身带着我的佳能单反，将所到之处的美丽风光一一拍下，心情惬意。枫叶翩跹醉霜晨，满天霞色映夕阳，真美。

我是“拍客”我快乐。摄影，让我人生的每一天都无比亮丽，恰如似锦繁花。

我是“切客”我快乐

“切客”是签到的意思。如果你想在行动中记录、在阳光下表达，那么，拥有一部智能手机就可以了。无论身在何处，只要在手机上写下“我正在某地”，你签到的信息就会在网上留下“印迹”。

大千世界，无奇不有。有人整天玩失踪，恨不得人间蒸发，去荒岛生存，这叫低调，自然也无可厚非。而我作为“切客一族”，正好反其道而行之。我希望熟人知道我的去向，我希望网友知道我身在何处。一句话，处于城市的钢铁森林之中，冷漠无处不在，孤独如影随形。但都市人似乎安于现状，将防盗门窗紧紧关闭，干脆就是画地为牢，自认为这样很安全。殊不知，同时也关闭了快乐之源、开心所在。而我在紧张工作之余，却喜欢到处游玩，敞开心扉拥抱大自然，全身心融入山水间。陶冶情操的同时，也开阔了眼界，收获了丰富的知识。

当我在青岛海边尽情奔跑；当我在泰山之巅眺望朝阳；当我在少林寺里静聆古寺的钟声；当我在天安门前观看五星红旗冉冉升起……我都会兴致勃勃地打开手机，写下我所处的方位，写下我此刻的心情。网络同步传送，宛如现场直播。我真实的生活，画卷一样展开，美不胜收。

总之,作为一种纯粹的沟通与交流方式,身为“切客”的我,无比快乐。我用这种方式告诉亲人:“我很好,勿惦念。”我用这种方式通知朋友:“我很开心,和你分享。”我用这种最为直观的方式问候红尘中注定与我有缘的“另一半”:“喂,我在这里,你碰巧也在吗?”

·命运掌握在自己手中

《易经》是中国古代文化的精髓和瑰宝，也是中国传统文化的首要代表作，告诉我们大自然内在和外在变化的规律，是“群经之首”。它是民族文化的源泉，儒家思想、道家思想等都是来源于它。

《易经》由象数和义理两部分组成，包含三大理论体系，即“变易”“简易”和“不易”。“变易”告诉我们，宇宙万物，没有一样东西是不变的。“简易”告诉我们，宇宙万物随时都在改变，尽管变的法则很复杂，但都有规律可循。“不易”告诉我们，宇宙万物随时都在变，可是却有一项永远不变的东西存在，那就是能变出万象的宇宙是经久不变的，是永恒存在的。

《易经》有言：“阴阳生太极，太极生两仪。两仪生四象，四象生八卦。”卦的形成离不开“三”的互相变通，“三生万物”的作用。三个小卦再加三个小卦重叠成一个双重六爻卦象，不同的卦象排列出八组，八组八卦，一共便是八八六十四卦。六十四卦是万事万物的类象，其中有千变万化的易理，涉及哲学思想、天文地理、政治策略、军事计谋、伦理道德、行为科学、思维方式、人际关系、医学养生、信息预测、文艺美学等等,甚至现代的前沿科学如计算机软件、遗传密码、混沌理论、耗散结构等等,也可以从中得到启示。《易经》,在古代是士大夫必读的高深教科书。在今天,仍不失为引导人们适应各种复杂环境的宝鉴、为人处世的指南,可以说是一部完整的行为手册。

这本书里的《周易·系辞》中说:“一阴一阳之谓道。太阳为阳,月亮为阴。暑为阳,寒为阴。阴阳之间相互交替,互为转化。自然界便产生了天气变化。而太阳月亮的运行,则构成了一寒一暑的流转交替。”

因此,也可以把人生的祸福看作阴阳,同样是阴长阳消、阳长阴息。盛极必衰,物极必反。也就是说,人生祸福都是暂时的。祸与福相互依存,互为因果。好运中潜藏着危机,厄运中孕育着希望。值得注意的是,这种转化与前者不同,寒暑的转化是阴阳的自然转化,而这种转化不是自然实现的,是与当事人所持的态度、所采取的行动密切相关的。面对厄运、不幸、灾难,只有心态平和、情绪稳定、积极进取,才能遇难呈祥、逢凶化吉,度过山重水复的困境,创造柳暗花明的未来。

《易经》是一门预测科学,是唯物的,不是唯心的。《易经》里有卦象,八八六十四个卦象分别解释了不同的结果。预测你现在可能会面临的一种生活的现象,而不是本质。解释了这样的现象产生的原因以及如何去解决这个现象带来的后果,却绝对不是简单的算命打卦。它站在历史高度,俯视芸芸众生,眺望无限的宇宙,告诉人们,一切都皆有变通的可能,一切都是相对而论。但所有的一切都有一个永恒不变的思想宗旨,那就是真、善、美。就是奋斗很快乐,有追求的人生其乐无穷。告诉你,人生路上的挫折是暂时的,命运掌握在自己手中。只要你敢于奋发进取,积极向上,你的命运一定会向好的方向靠近。

《易经》中曰:“天行健,君子以自强不息;地势坤,君子以厚德载物。”意思是，自然的运动刚强劲健，相应于此，君子处世，应像宇宙间的天际一样，自我力求进步，刚毅果敢，发愤图强，永不停息。大地的气势厚实和顺，君子应增厚美德，容载万物。

读了《易经》，我的心得是，人于世间，当自强不息，同时兼修品德，以诚信二字立世。心胸豁达，乐观向上。因为一切都在变化之中。所以，失败时不要气馁，成功后要保持谦逊。

有书赶快读

那天晚上，做晚饭的时候就已经想好，晚上一定要将那本小说读完。那是借朋友的，说好明天还他。

结果呢，因为电视节目太好看了，等把两集电视剧看完，一看时间，快子夜了。这才慌慌张张地去洗碗。洗完碗，擦好桌子，一看地上，怪脏的。我是个追求完美的人，地上不干净，读书的心情就要打折扣。就先扫地，再把地好好地用拖布拖了一遍。

刷了牙，洗了脸，洗了脚，终于让自己舒舒服服地躺在床上，打开台灯，再拿过一个枕头垫在脑后，打开书，正想好好看书时——停电了，四周一片黑暗。

黑暗中，我呆呆地坐着，心里装满懊丧。手里，是那本特别有心情看而看不成的书。

点燃一根蜡烛，我想做最后一次努力。可是烛光太暗，呛人的烛烟让我非常难受，只好作罢。

生活中，我们常常本末倒置，比如读书。有书就应该赶快读。碗可以先不洗，地可以暂时不拖，再精彩的电视节目也可以不看。

当我吸取了这次的教训之后，我又发现自己另一个不足之处。那就是，借来的书我会赶快读，可是买来的书，我却是一点也不急。结果日复一日，有的书，放在枕边，一年半载也没看完。

那次旅游途中，在疾驰的列车上，正值春运，人满为患，许多人只能买到站票。而一个年轻的女孩子，就那么站在狭窄而拥挤的车厢过道里，如饥似渴地很快地把一本书读完了。那是我刚买的新书，打算回家慢慢读的。年轻的女孩子，脸庞红扑扑的，一看就是一个来自乡间、准备去城市淘金的打工妹。她站在车厢中间，两耳不闻身边的嘈杂，一心只在手中的书本上。我不禁在心里惊叹，原来读书的样子是这世上最美的姿态。那是一本励志的书，里面讲的是普通人走向成功的故事。当她把书还给我时，原本迷惘的眼神变得从容而坚定。来自一本好书的力量，她感受到了。而我从她的目光中，也深深地感受到了。

读书的至高境界，其实就是有书赶快读，从此以后，这句话就成了我的人生信条。时间是海绵里的水，只要愿挤，总还是有的。就这样，抓紧时间读书，我阅读了许多好的书籍，增长了知识，开阔了眼界，并且变得更加自信与坚毅。让我能够笑迎坎坷，无惧人生路上的所有磨难。有书赶快读，这个良好的习惯，也必将伴随我的一生。

第七辑

把根扎进梦想的土地

常听人抱怨人生，说自己命运不济，幸运之神从不光顾。其实，命运掌握在自己手中。就像一块顽石，在不同的人手中，会变成不同的造型。在大师手中，它会变成一尊栩栩如生的观音菩萨。而在一般人手中，它可以依然只是一块平凡的石头。那雕刻的过程，彰显着大师的功力。漠漠戈壁滩上，尚有胡杨生长，红柳生根。梦想的土地上，播下希望的种子后，还要用汗水浇灌，理想才会生根、发芽，最终长成参天大树。

播种善良

儿子系两代单传的独苗，从小被爷爷奶奶视为掌上明珠。而事实上，这个物质充裕的家庭，并没有让他变得更好。他也没有因为一天天地长大，而变得更加懂事。

那天晚上，我烧好开水，灌进暖瓶里。还剩一点，不想浪费，就倒进他的杯子里了。没想到水太烫了，他的杯子裂开了，滚烫的开水顺着桌面滴到我的脚背上。我抬起头正想说什么，就见儿子跳起脚大叫："我最喜欢的杯子啊，你怎么这么不小心？"

是的，那是他最心爱的东西。可是，我的脚……

一瞬间，我的眼里涌出了两行委屈的热泪。我亲生的儿子，竟然自私到这个份上。妈妈的脚是否烫伤并不重要吗？是杯子重要，还是妈妈的健康重要？

那天晚上，我想了许多。

又一次，在广场散步时，一条可爱的小狗挡住了他的去路。他生气地一脚踢在小狗身上，说："好狗不挡路！"

一瞬间，我看到了他冷漠乃至冷酷的内心世界。

我做了深刻的自我反省。是的，我的疏于引导，让他到了这个地步。身为家长，给孩子最好的生活，那是远远不够的。精神世界的营养，于孩子来说，更加重要。

我给儿子讲了一个现实生活中的真实的故事。

7岁的安娜很不幸。上一年级的时候，医生从她身体里查出了一个肿瘤，被确诊为癌。于是，手术、化疗、住院，安娜为此受尽了磨难。待病情稳定下来，又去上学。安娜很懂事，学习也很刻苦，她还不知道自己的病有多严重，所以也一如既往地显得活泼快乐。但有一件事令她忐忑不安，变得十分忧郁。那就是，因为大剂量的化疗，使她那头漂亮的金发全部掉光了。一个小女孩光着头去上课有多难堪啊！为此，妈妈给她买了顶帽子，天天不离头顶。但是，一想到同学们都没戴帽子，而她一个人戴着帽子，反而显得更抢眼。她不愿因此被大家注意到，她的心敏感而脆弱。她对妈妈说，不想上学了。妈妈尽力安慰她。最终，她还是决定去上学。

班主任老师是位慈祥善良的中年女性。她非常理解安娜的痛苦，在安娜又一次化疗结束返校前，她向全班同学郑重地宣布："同学们，我们的学校是个很有特色的地方，我们的穿着也应该与这种特色相适应。所以，从下周开始，每个同学必须戴一顶自己最喜爱的帽子来上学，而且要越新奇越好！"

那天清晨，安娜来上学了，一走近校园，她摸了摸自己头上的帽子，眼里就泪光闪烁了。但她太爱读书了，还是让妈妈陪着她，勇敢地走进了校园、走进了教室。

可是，走进教室，安娜就意外地发现，班上每一个同学都戴了一顶帽子，五颜六色，琳琅满目，在这一片晃动的帽子中，安娜的帽子反而显得毫不起眼了,所以,谁也不注意她的帽子了,她反而觉得同学们的帽子漂亮新奇,禁不住笑了起来。

我对儿子说,善良的人总有善良的举动,这位女老师的善举,不仅化解了一个孩子的痛苦和尴尬,并且温暖了那个孩子的心。人世间,凡有善良和爱的光芒普照的地方,就会让人感受到心灵的温暖,会让人对未来充满希望。对付死亡和疾病,战胜痛苦与不幸,善良和爱心的力量是世间最好的良药。它会让人忘掉忧伤,欢笑着生活下去。

儿子仔细地听完这个故事,感动地说:“如果安娜在我们学校上学,我也会为了她的快乐戴上一顶帽子的。”

从那以后,儿子的思想有了深刻的变化。他懂得凡事为别人考虑,成了一个大家都喜欢的人。

春风中,一颗刺槐的种子沾到了他的衣服上。他小心地把它放在手心,说,这是一颗生命的种子。给它适宜的土壤,它就能生根、发芽。他小心翼翼地捧着这颗种子,轻轻地把它埋进花园的土壤里。对我说,过不了多久,它就会发芽。

我欣喜地看到,一颗善良的种子,悄悄地在儿子心里萌芽、生长。播种善良,我才是个称职的家长。而我的儿子,心存善良,这优秀的人品,一定可以助他今后的学业更顺利。将来,我坚信,作为一个善良的好人,他的前程一定会无比辉煌。

· 抚慰心灵的音乐

音乐能够调理情志，养身祛病；使人忘却烦恼，开阔心胸。

失意时，可以聆听《步步高》《卡门序曲》、贝多芬的《皇帝》钢琴协奏曲、瓦格纳的《汤豪塞》序曲，以及奥涅格的《太平洋123》管弦乐等，能够振奋精神，产生奋进的力量。而在心情烦躁时，聆听柔情而舒缓的《汉宫秋月》《梁祝》《二泉映月》、贝多芬的《第八交响乐》、肖邦的《a小调》、舒伯特的《第六交响曲》等乐曲，能够令心灵归于平静，恢复从容沉静的心态。

神经衰弱、失眠健忘的人，可以聆听海顿的《G大调托利奥》、莫扎特的《催眠曲》、门德尔松的《仲夏夜之梦》、舒伯特的《小夜曲》等。舒缓而优美的旋律，仿佛海面上轻柔的海浪，一波一波，亲吻你的心灵。伴着柔曼的乐曲，你会渐渐进入甜美的梦乡。

身心俱疲之时，可以在静谧的夜晚聆听维瓦尔第小提琴协奏曲《四季》中的《春》、德彪西管弦乐组曲《大海》、亨德尔组曲《水上音乐》等乐曲。心海泛舟，悠游自在。轻松流畅的音乐能够有效缓解疲惫状态，加速疲劳的消失。

多愁善感的人，可以细细聆听《春江花月夜》《月光奏鸣曲》等乐曲。旋律悠扬，意境深远。音乐可疗伤。忧郁、悲伤之时，可聆听《春之声圆舞曲》《蓝色多瑙河》等乐曲。此类乐曲欢快明朗，能够使人很快从悲伤中解脱出来。而要彻底释放忧伤，可以聆听柴可夫斯基的第六交响曲《悲怆》、海顿的清唱剧《创世记》、贝多芬的第五交响曲《命运》，以及亨德尔的清唱剧《弥赛亚》等。这些乐曲可以抚慰忧伤的心灵，堪称心灵良药。

愤怒时，请听《春风得意》《江南好》等乐曲。这些乐曲可疏肝理气，有效平息愤懑的情绪。当遇到大的挫折，对生活失去信心之时，应该听听欢快、轻盈的乐曲，如《轻骑兵进行曲》《喜洋洋》《赛马》等乐曲，唤起对美好未来的无限憧憬，坚定努力向上的决心。

音乐让人忘忧，引人向上。能提高大脑皮层的兴奋度，改善情绪，振奋精神，提高人体免疫功能。心灵健康的人，身体健康指数也大大提高。对此，法国现代著名文学家、传记作家、音乐评论家、社会活动家罗曼·罗兰曾这样说过："音乐不是一种单纯的消遣，它或是对于心灵的一种理智上的裨益，或是镇定灵魂的一种抚慰。"

·开办一个“能量账户”

随着生活节奏的不断加快与工作压力的不断增大，每个人本身的能量受到了挑战。人的能量分两种，身体能量和精神能量。身体过于疲惫，总处于亚健康状态，易使精神方面的能量也很快下降。一句话，纷繁红尘间，想要聚集起超强的抵御外界压力的正能量，绝不是一件轻而易举的事情。

因此，在尽量保持身体健康的前提下，如何让心灵最大限度地获取正能量，就是一个问题。因为，于心灵来说，它不仅会吸收正面的、向上的力量，而且也会吸收负面的、消极的能量。积极向上的人，懂得悉心呵护心灵，会有意识地让心灵吸收正能量，进而有效调节自己的能量场，过滤出去负面能量。

为了保持身心健康，给自己开办一个“能量账户”吧。不断储蓄正能量，过滤负能量，使自己的“能量存折”不断增长。常常在生活中心怀感恩，看到光明和美好，不断提高自己的能量场，就可以使“能量账户”不断升值。当“能量存折”上的数字越来越多时，你的人生道路就会越来越顺畅、越来越开阔。而当生活中出现削弱能量的言行、事件或消息时，选择过滤则是明智之举。

开办“能量账户”，方法非常简单。拿出一个崭新的笔记本，打开它，然后开始一条一条地写下生活中的快乐、人生的收获、幸福的时刻、成功的瞬间。你会发现，其实你的人生很美好。有那么多人关心你，亲情、友情、爱情，你一样都不缺。在职场，你游刃有余。同事友善，领导赏识。你会发现，生活中点点滴滴的快乐，在四季变迁中诗意流转。这个“能量账户”，宛若一条美丽的项链。上面的每一颗珍珠，都是你心灵深处珍贵的回忆。

当处于人生低谷、心情灰暗的时候，不妨打开“能量账户”，适时支取一部分正能量。打开笔记本，认真阅读，人生路上，美好的一幕幕场景，便会立刻一一浮现眼前。婚礼上的美丽笑靥；孩子出世时的第一声嘹亮的啼哭；为母亲过生日的家宴；家里新买了私家车的快乐；带父母去旅游时的开心与温暖；分享朋友的快乐与成功时的笑容……这本“能量账户”，将使你重新恢复自信，心灵充满力量。展望未来，继续为美好的明天而奋斗。

适当改变心灵的质地，同时不断扩大心灵的容积，不断获取正能量，输入到“能量账户”之中，你的人生无比美好。

莫以善小而不为

生活中的每一天,我都被深深感动着。这感动,支撑着我的生命与信念,让我坚信,人世间,好人居多。也因此,快乐常在。

记忆深处,常存我心的,是人在旅途的点点滴滴。它们像和煦的阳光,温暖着我的心。我才知道,出门在外,一个人,在旅途中,是多么渴望得到别人的帮助。我也才知道,偶然相逢在人海,不过举手之劳。而得到的,却是你自身的快乐,以及他人永远的感激。

因为工作关系,一年四季,我都在四处奔忙。这也注定了我的人生,大多要在列车上度过。这是很无可奈何的事情。我看见了有的人,在列车上,为了争得一个靠窗的位置,跟别人大打出手。我也看见了有的人,在列车上,为了自己舒服,一人占两个座位,不顾别人站得腰酸腿乏。我也看见了有的人,位居下铺,占有欲强,别人坐一下都不行。我也看见了,有的人图自己方便,干脆进了卫生间就不肯出来,让内急的人在门外直跺脚……

久而久之,我也习惯了冷眼看人,只要自己舒服就成。

可是有一件事,改变了我的看法。继而,改变了我的人生态度。

去年春节,领导派我公出。工作要紧,我只好立刻启程。正赶上春运，火车站一票难求，无奈只好买了一张站票。

站了一天后，两只脚都肿了。只好侧身靠在椅背上。那情形，好不狼狈。有座位的人，有的闭目养神，有的看书，有的聊天，对过道里持站票人的疲惫神情习以为常，看都不看一眼。

夜已深，列车疾驰。一个年轻人站了起来，说："我要下车了，你坐吧。"

我道了谢，就坐下了。这时我才发现那是个残疾人。只见他拄着一双拐杖，静静地消失在我的视线里。

我心安理得地坐下了。

两天后，车到终点站，我提着行李下车。我看见那个年轻人也才慢慢地走下车。我明白了，原来他也是到终点站的。可是，他却把座位让给了我。

我问他："你为什么要把座位让给我？"他轻声说："因为我看你的脚都站肿了。"淡淡的一句话，却催出我满眶热泪。这，就是善良。望着他远去的背影，我的心久久不能平静。

从那以后，我的人生观有了改变。在列车上，我热心助人。给抱小孩子的妇女让座，替怀孕的旅客买饭，给老人打水，带小孩子去卫生间，给愁眉苦脸的人讲笑话，把身边的食品与人共享，把随身携带的药品给生病的人服用……

当列车到站，同行的人们都不肯与我分离，与我深情地握手告别，仿佛久违的老友。而我，更加震撼。我所做的，不过是举手之劳，却带给别人那么多的感动。

这样的付出，平凡而琐碎。然而，却是我可以做到的，一点也不费事。莫以善小而不为，这句话，在我的旅途中，一直铭记于心，不曾忘怀。我总在想，以我的细微关怀，也足以温暖人心，给这茫茫红尘间，增添一份温暖。

珍藏在门票里的风景

多年前的金秋时节，新婚的我，和老公一起蜜月旅游。曾在长白山的无边松林漫步，也曾在“天下第一关”抚摸过古炮沧桑的炮口。曾在长城上细数每一个古老的垛口，也曾在孟姜女塑像前流连不已，感动于她对于爱情的坚贞。曾在漓江的碧波上哼唱着刘三姐曾唱过的优美山歌，也曾在象鼻山的肚子里一同品尝沁人心脾的香茶。曾在峨眉山的山顶一起观看罕见的“佛光”，也曾登上华山山顶，饱览壮美的云海秀色。曾在宁静的黎明时分，一同在天安山广场观看五星红旗冉冉升起，也曾一起徜徉于雕梁画栋的故宫里，静聆那个时代缓缓跳动的脉搏……

一路走来，门票有了一大沓。一个月后返回家中，收拾东西时，一张张大小不一、长短不一、宽窄不一的门票成了问题。老公建议扔掉，说已经去过的地方，何须留恋？我说，观赏过的是风景，留在心中的是记忆。于是我们一起动手整理门票，按旅游时间顺序，把一张张门票分门别类地放进精美的收藏夹中。每遇闲暇，便翻开细细观赏，心情无比美好。

在所有的门票中，我对莫愁湖公园的门票情有独钟。门票上，一湖碧水中，美丽的少女莫愁端庄秀美，静立不语，让人产生无限遐想。一看见这张门票，美丽的莫愁湖便立刻浮现眼前。耳边，依稀传来深情款款的歌声："莫愁湖边走，春光满枝头。花儿含羞笑，碧水也温柔……"从那以后，23 年来，喜欢旅游的我，有空儿便四处游览。而悉心收藏全国各地的旅游门票，更成为我乐此不疲的爱好之一。随着时间的推移，我的门票收藏夹已有了厚厚的四大本。

儿子特别喜欢它们，有空儿便时常翻看。活泼可爱的儿子，由此爱上了旅游，积极参加学校组织的夏令营活动。大江南北，长城内外，都留下了他开朗的笑容和坚实的足迹。旅游开阔了眼界，增长了知识。同时，也使他的个性变得坚毅，比以往更加勇敢。随着时光推移，儿子渐渐长大，我们一家三口都成了"背包族"。全家人常利用节假日，在市郊进行"微旅行"。登山，钓鱼，一起品尝农家饭，采摘新鲜的水果，甚至帮农人扎稻草人，一起收割麦子，感受劳动的快乐。当然，收集门票，回家后一一放入收藏夹中，是全家人绝不会遗忘的事情。

在全家人心中，门票不只是游览名山大川、全国各地的凭证，而且因为知识量丰富，文化内涵深厚，同时还能带来无穷的欢乐，而成为全家人最喜欢的收藏品之一。每当打开门票收藏夹，就犹如打开了一幅幅美丽的山水画卷。那绚丽多姿的天下美景，便立刻浮现眼前。让我们的心，无比惬意，充满诗情画意。

人淡如菊

转眼又是清秋。院子里的九月菊，金灿灿地开放。静静地观赏菊花，心是那么静。仿佛阳光下的碧波，闪着银光，缓缓地流淌。

心素如简，人淡如菊。这句话的意思是说，心灵犹如端庄素雅的竹简一般，纯真美好。处世犹如菊花一样，淡泊宁静。这样的精神境界，其实是我一向追求的。但直到此时此刻，年已不惑的我，一任阳光如蝶，轻盈地栖息在我的肩头，与沉静的菊花微笑面对，我才真正体会到人淡如菊的境界。

落花无言，人淡如菊。这句话，是唐代司空图《二十四诗品》中《典雅》的文眼："玉壶买春，赏雨茅屋。坐中佳士，左右修竹。白云初晴，幽鸟相逐。眠琴绿阴，上有飞瀑。落花无言，人淡如菊。书之岁华，其曰可读。"这句话，我非常欣赏。落花无言，谦逊有加。人淡如菊，超然物外。

采菊东篱下，悠然见南山。这是陶渊明《饮酒》中的两句诗。篱下采菊，抬头见山，悠闲而雅致，是人生的至美境界。清茶一盏近黄昏，风送幽香几度闻，回首往昔皆旧梦，菊绽斜阳诗兴浓。呷一口淡雅清新的菊花茶，那独特的鲜爽滋味，堪比窖藏多年的香醇美酒。秋景绚烂，我心沉醉。

流连于深秋的小院，菊香淡雅，芬芳心扉。时值傍晚，晚霞绮丽。人淡如菊立斜阳，晚风轻拂我鬓发，一颗心如此惬意地享受这一刻的安闲。原来，于繁华都市中，最美的，就是葆有一颗静谧的心，能够享受到心灵的沉静，能够聆听到自己内心的声音。走过喧嚣，红尘中所有的事此时都可以想，也都可以不想。自由的心，白鸽一样飞翔于晴空之上，是何等幸福。

庭院深深，金菊朵朵。静静地赏花，纤影翩跹。谢绝繁华，回归质朴，心中有一种难以言说的沉静与欣喜。人淡如菊立斜阳，这是属于我一个人的一径清秋，美丽而优雅、温婉而诗意。

· 痛了，你就放下了

人生路上，一路走来，历尽坎坷与风霜。年已不惑，我以为一切都放得下了，我以为我真的参透了人生，具云水禅心，心博大开阔。但最终我发现自己在自欺欺人。所谓的一切看透，只是表象。实际上，面对曾经伤害了自己的人，我依然满腔愤怒。当我的热心遭遇冷漠，我无法淡定地说，随他去。但我最终原谅了自己内心深处的脆弱。因为我知道，是人就有弱点，是人就有“软肋”。

虽然我知道，明智的人，应该收集生命中快乐的记忆。但实际上，耿耿于怀的，偏偏是那些不愉快的事。尤其是曾经的伤害，我记得尤为清晰。直到有一天，读到一则故事，心才豁然开朗，不再纠结。

一个苦者对一介高僧说：“我放不下一些事，放不下一些人。”高僧说：“没有什么东西是放不下的。”他说：“这些事和人我就偏偏放不下。”于是，高僧让他拿着一个茶杯，然后不停往里面注入热水，直到水溢出来。苦者被烫到，马上松开了手。高僧说：“这个世界上没有什么事是放不下的。痛了，你自然就会放下了。”

痛了，就会放下了。这句话我感同身受。我终于不再自责，曾经的人生中我曾伤害过别人。因为那时的我太年轻，没有经验，不懂得尊重别人的感受，忽略了别人的自尊。我终于不再心怀怨愤，为我曾经付出的真诚，而对方竟不屑理会。人生路上，我终于有了一份难得的感恩之心。感谢生命中曾伤害过我的人，因为他磨炼了我的意志。感谢生命中曾欺骗过我的人，因为他增进了我的见识。感谢生命中曾放弃过我的人，因为他教导了我应自立。感谢生命中曾绊倒过我的人，因为他强化了我的能力。感谢生命中曾愚弄过我的人，因为他增进了我的智慧。人世间，感谢所有使我坚定成长的人，使我在崎岖的人生路上，勇者无惧。最终放下所有心灵的负荷，轻装前进。

红尘中，没有什么是放不下的。痛了，你就放下了。不惑之年的我，放下了心灵所有的负荷，一颗心自由而宁静。

十年后的报复

15岁那年，我上初三。因为全班普遍物理学得差，为了调动同学们的学习积极性，班主任刘老师向大家承诺，物理考90分以上的同学，可以借阅一本武侠小说。那时候，武侠小说极其抢手，书店脱销，根本买不上。而金庸的《射雕英雄传》又是我心心念念想看的。

为了早日读到这本小说，我刻苦上进，认真学习。终于有一次，物理单元测试我得了95分。这简直是天大的喜讯，我想我的愿望终于可以实现了。

那天下午，刘老师宣布了全班同学的考分，并着重表扬了我，说我近期学习进步快，值得全班同学学习。同学们都用羡慕的眼光望着我，我却在默默地想，我终于可以看到金庸的小说了。

刘老师开始发书了。10个上90分的同学，挨个领到了武侠小说。我的座位在最后一排，也是最后一个上的讲台。刘老师注意到了我渴望的眼神，本想将那本小说递给我，想了想，又把书收了回去，对我说："一次考得高不算什么。下次吧，下次我一定说话算数，你努力吧。"我涨红着脸，空着手返回座位，听到同学们在窃窃私语。一瞬间，我真想找个地缝钻下去。

这件事对我打击很大。我是一个倔强的人,认定老师骗了我,因为老师看不起我,不相信我会学得更好。所以,以后我破罐破罐,别说考90分了,连及格都勉勉强强。混到初中毕业,高中没考上,我成了待业青年。后来我顶替父亲进了工厂,成了一名普通工人。

整整10年,在心里,我恨刘老师。因为他,我丧失了学习的兴趣,并且不再相信任何人。10年后的一天,当我回首往事,突然意识到,解铃还须系铃人,我必须找到刘老师,说出当年的事,我想让他知道是他的出尔反尔改变了我的人生道路,他应该向我道歉。

找到学校,得知他已经退休了。没费什么劲儿,我就找到了他家。10年没见,他已两鬓斑白,但精神很好。他已经记不起我的名字,我很认真地告诉了他,他听了,费力回想了半晌,最终还是一脸茫然。他满怀歉意地说,唉,教过的学生太多了,一时想不起你,对不起。原来,我耿耿于怀的事情,于他,却是那么微小。这样一想,更激起我满心的愤怒。

他却是一脸慈祥的微笑,端来滚烫的咖啡和刚出炉的点心让我吃。说,别客气,多吃点。又轻轻抚摸着我的头,赞叹道,你真不错,还能想到来看看我。唉,自从退休后,就再也没有学生来看过我了。他又关切地询问了我的生活情况。得知我已就业,就鼓励我业余时间充电,上个夜大什么的,以求有更好的前途。

此时,我突然有了一种自责的感觉,我是应该买束花来送给他的。这样两手空空地来,真尴尬。因为他毕竟教过我,是我的老师。他的话,让我在内心深处,终于原谅了他。是的,当年的他,一定是真心希望我学习更好一些,所以……

是的,他没有错,是我自己耽误了自己,大好的学习时光被我浪费了。望着他头上的根根银丝,我的心重新变得柔软,有了暖意。

没想到10年后的有心的报复,却让我于无意中懂得了做人的道理——那就是宽容,那就是信任。宽容让我豁达于心,信任让我更加真诚。

活着，真好

一个平常的午后，我突然发现自己身上起了一片片潮红，痒得难受。我不能自制地伸手去抓、挠，结果是潮红处立即生出白色小疙瘩，一片一片，遍布全身，真是令人触目惊心。我想可能是湿疹。就去买了息斯敏回来服用。效果不理想。最终还是到医院就医了。医生让我去做血检。化验结果让医生也很吃惊：“你的血象太高了，1200。最好住院治疗。”我比医生更震惊：“什么？不就是一个小小的荨麻疹吗？竟然要住院？”医生解释说：“是这样的。虽然你得的是荨麻疹，但因为你有其他的并发症。如胃酸想吐和便秘等。说明你的病是综合征。单纯的荨麻疹好治，但有并发症就很麻烦。我亲眼看到有的病人，跟你症状相同，胸闷时脸憋得青紫，产生窒息，呼吸困难。如果你也那样，那就绝对有生命危险。”

我简直不敢相信自己的耳朵。同时，我心里很快地做出了一个决定——我不住院。纵然是死，我也想死在亲人的怀抱中。

医生遗憾地摇摇头。给我开了药，嘱咐我按时服药。告诉我，如果感到胸闷，一定要立即到医院治疗。随后，我去输液。

输液室的窗子开着,窗外的树充满生机,葱绿盎然。透过树叶的缝隙,我还能看到湛蓝的天空和几朵飘浮在空中的轻盈的白云。这是边城一年中最美好的季节。是的,一切都是这么美好。只有我,不复以往平静的心绪。死亡,这个我从未想过的问题,突然以一种最直接的方式呈现在我的面前。我也才突然发现,原来我距离死神是那么近。

一时间我感慨万千,深感生命中充满了遗憾。我的事业,我那些尚未完成的计划,还有我的亲人和朋友们,我可爱的孩子,以及生命中的每一个季节,那蓝的天,那绿的草,那飘香满城的朵朵鲜花,都让我心痛得难以割舍。我爱这个世界。可是,不知什么时候,我就不得不离开我所眷恋的一切了。

午后的风儿轻轻地吹动我的鬓发。坐在输液室里的我,深刻地意识到,相对于生命中所有的烦琐过程而言,生命本身的存在是最最重要的。我有点后悔自己以前对于事业成功的追求过于执着,没有想到要善待自己。过于拼命地工作,过多的体力透支与脑力透支,使得自己身体内耗太多, 犹如一棵树。里面已空了, 外面还硬挺着。一旦遭遇风暴,就会彻底倒下。

输液完毕,我走出医院,走在灿烂的阳光下,觉得眼前的一切都是那么可爱、那么亲切、那么美好。我甚至羡慕每一个匆匆从我身边走过的人,他们健康地走在阳光下,是多么好啊!

我配合医生,积极治疗。吃药,输液,体检,成了生活中最重要的内容。丈夫每天陪我去医院输液。在我患病期间,儿子竟然学会了做饭。

输液的滋味不好受。两只手背换着扎针, 到后来, 手背上布满针眼,护士只好小心翼翼地寻找空隙,扎下针头。丈夫坐在旁边,看到这一幕,心疼得流下了眼泪。说到吃药,也是难受的。为了治好病,除了吃西药，医生还建议我服一些中药，说中药除根儿。这样一来，嘴里总是苦苦的。到最后，一看到熬好的中药就想吐。实在没办法，只好自己捏着鼻子，一口气把药汤喝下去。

一段时间的治疗后，我的胸不再感到憋闷。血象也恢复正常。我终于战胜了疾病，恢复了健康。医生说，这么快地康复，简直是一个奇迹。

感谢家人的支持，感谢自己的坚强与无畏。我终于走过了生命中那片沼泽地。活着，真好。

人生是一个人的事儿

父亲去世多年,母亲一直独居。我曾无数次劝过母亲,跟我一起同住,这样彼此也好有个照应。可是每一次,母亲总是摇摇头说,一个人住着舒坦。

我总在想,一个人住,不寂寞吗?

我是个开朗的人,喜欢热闹。一向认为,我适合过群居的生活。现在想来,其实,我是不敢面对自己的内心世界,害怕听到自己内心真实的声音罢了。

落花缤纷的时节,我和母亲一同散步。我再次提出让母亲搬过来与我同住的要求。母亲依如往昔,轻轻地摇摇头。母亲说,这样吧。等我老得走不动路了,再说好吗?趁我现在身体还硬朗,你就让我过几天安静日子,行吗?你要知道,人生,说到底,是一个人的事儿啊!

母亲的话,让我想了许多。

人生是一个人的事儿。当白天的纷扰过去,我们必须面对的,是来自心灵深处的无声呐喊。那是我们的心声,只有在沉静的夜晚才能被我们清晰地听到。我们应该学会自我反省,总结自己以往的不足,以利再战。一个人,静静地思考,拥有一个属于自己的宁静黄昏,那是一种难得的幸福。

红尘间,尘埃纷落。我们的心,难保明净。如何让我们的心,如水晶般透明，这是一个问题。我们需要在一个人的世界中，筛选记忆，思考未来。我们需要在喧嚣的尘世间，沉静地思索。我们应该清醒地明白，世间人人平等。人生旅途中，有人帮你，是你的幸运；没人帮你，是公平的命运。一个人，潇洒地走在人生旅途上，自由，是一种难得的奖赏。一个人的人生，何其美丽。这美丽，就在于灵魂的高洁。心灵的原野上，一任思想的小鸟展翅高飞。

人生是一个人的事儿。我们来到这世上，赤子之心，纯真美好。当我们辞世之时，依然是来去匆匆。有人记得我们也好，最好是全忘掉。我们在尘世间且歌且行，收获着精神世界的极大自由。那我们这一生，就不算白过。

人生是一个人的事儿，这话是母亲说的。母亲不识字，却于不经意间说出这样至深的人生感悟。母亲是睿智的，这份来自生活本身的智慧表达，让我深深地感悟到做人的最高境界，就是独自守着小小蜗居，坚守人生的追求，把种种风雨与坎坷当作闲庭信步，微笑而过，优雅而庄重地度过自己的一生。

原来，只有超越了自我，人生才是真正美丽而宽广的。一个人，独自上路，笑靥如花，珍惜生命中点点滴滴的感动，一路采撷旅途中的四季风光。心中有清风拂过，如此沉静。天边有夕阳相伴，如此安详。

人生是一个人的事儿。一路走来，看草长莺飞，有阳光照耀。且看江海潮涌，闲望花开花落，那份心境，是何等惬意。

我读懂了母亲。我明白了，于一个人来说，羁绊越少，自由越多。站在人生的岸边，每个人的风景都是那样的不同。

人生是一个人的事儿。这样沉静地走着，我知道，我也是别人眼中的风景。

“磨砖为镜”的境界

很喜欢《西游记》第八回“我佛造经传极乐　观音奉旨上长安”里的一首词，隽永而诗意。

这首词名叫《苏武慢》：“试问禅关，参求无数，往往到头虚老。磨砖作镜，积雪为粮，迷了几多年少？毛吞大海，芥纳须弥，金色头陀微笑。悟时超十地三乘，凝滞了四生六道。谁听得绝想崖前，无阴树下，杜宇一声春晓？曹溪路险，鹫岭云深，此处故人音杳。千丈冰崖，五叶莲开，古殿帘垂香袅。那时节，识破源流，便见龙王三宝。”

这首词意境深远，颇有韵味。磨砖作镜，意为白辛劳一场。因为砖头再磨，也变不成镜子。单纯从词面讲，意思就是浪费光阴，目标设置得本来就不对，所以最终梦想也难以成真。这让我想到一句俗话，即只要功夫深，铁杵磨成针。想来如果把砖头换成一块铜，古代历来都使用铜镜的，磨铜为镜是一定可以成功的。于是心情大好，觉得“磨砖为镜”的意境其实更加深远。一个人，如果明知不可为而一定要为，自然有他的道理。也许醉翁之意不在酒，人家真正要打磨的，不是一块砖，而是一颗心。

而词中的“积雪为粮”一句，则是关于苏武的。传说苏武被匈奴拘禁的时候是以积雪为粮的。试想，一个人落魄到一粒粮食也无，在寒风中只能用积雪来充饥，此人的意志力是何等顽强。因为历史上的苏武，手持使节，于北海牧羊。最终得以重返故土，回归祖国，精神何等高洁。这是信仰的胜利，有信仰的人心理强大，可以战胜磨难，看到黎明的曙光。那么，在我的思考中，积雪或可为粮，磨砖亦可为镜。信念坚定，奇迹就可能出现。

唐太宗李世民有句至理名言：“以铜为镜，可以正衣冠；以史为镜，可以知兴衰；以人为镜，可以知得失。”延伸开讲，就是以己为镜，可以知善恶。以邻为镜，可以知亲疏。以日记为镜，可以知过程。以诗为镜，可以知心境。以股市为镜，可以知沉浮。以名人为镜，可以知成败。

“磨砖为镜”的境界，应当是一种自我反省、独立思考的过程。有了这个过程，就向成功更靠近一步。

文学的魅力

秋日的傍晚，夕阳如画。公交车站人很多，让我打消了乘车的念头。轻轻一挥手，一辆出租车就停在身边了。拉开车门，优雅地坐进车里，我身心泰然。

出租车司机年轻帅气，一脸灿烂的笑容，让我对他立刻产生了好感。车在疾驰，我打破了沉默，问他多大年纪了。他说，22 岁。我说，典型的“90 后”啊，和我儿子同龄。

轻松地聊着天，我的视线被他身边的一本书吸引住了。那是《蛙》，莫言的作品。我问，你也喜欢莫言的作品吗？他说，莫言获得诺贝尔文学奖，给中国作家争了光。我们几个开出租车的同行合计了一下，说好一人买一本莫言的书，不重样儿，换着看。

我说，你们真聪明。这样分摊书费，也很划算。随后我又想到一个问题，我说，你每天载客到处跑，忙得很啊，有空儿看书吗？他笑着说，我的车烧的是天然气。每次去加气站加气都要排队等候，以前我就坐在车里打盹，闲得无聊。现在好了，排队时我就看书，时间很快就过去了。

随手拿起《蛙》翻阅，我问他，这本书你看得懂吗？它的含义很深刻呢！

他说，莫言的作品，看一遍是看不太明白的。比如《檀香刑》，我是连续看了三遍，才品出一点滋味来的。另外，我发现，看莫言的书不能急，你得慢慢看，越看越好看。

我不禁感慨万千，说，现在是网络时代，网络文学纵横，网络阅读方便快捷，我以为像你这样年轻时尚的“90后”，可能从来都不进书店呢！他笑道，看，你把我们“90后”看扁了吧？其实我们“90后”，不仅对网络无比熟悉，同时对书店、图书馆也非常青睐。

我说，我有时真的在想，也许有一天所有的书店会倒闭，所有的图书馆会关门。因为网上书店、网上图书馆太多了。足不出户，尽可阅尽天下图书。他笑着说，那你也太悲观了。好的小说，我们依然会看。好的作品，我们依然会去书店买。需要什么资料，我们也依然会去图书馆查阅。对书籍的前景，我非常看好。我坚信，好的文学作品一定会源远流传，经久不衰的。

他的话，像一束阳光照进我的心底。我突然觉得，即使是作为一个一向热爱读书的人，我所有的担心也都是多余的。是的，文学永远不会消亡。因为它滋养着人们的内心世界，净化着人们的灵魂。它给予人们向上的力量，使人们更加热爱生活，具备和困难抗争到底的勇气与毅力。

文学的无穷魅力，从这位素不相识的出租车司机身上，我深深地感受到了。

第八辑

爱的风景无比绮丽

爱是世间最浪漫的事儿。爱是两个人心有默契，牵手而行。爱是一生不离不弃，相伴相依。爱像万花筒，五光十色，扑朔迷离。有许多种所谓的爱看起来很像爱，但实际上不是爱。告别伪爱情，慧眼识人，才能真正拥有幸福人生。牵手而行的人生很快乐，也会有许多烦恼。懂得迁就对方，是更深的爱。

慢节奏的爱情最浪漫

人生坎坷，在婚姻中两度沉浮的我，也曾想法尽力挽回，但最终依然曲终人散。孑然一身的我，于寂寞中不停地寻找，想敲开一扇能够包容我的心门。人生路上，遇到两个人，都很优秀，让我难以定夺。

第一个，事业有成，收入很高。但他不肯闲一会儿，我们的约会，总是那么匆忙：我们常在他车里吃“工作餐”，在他去谈生意的路上谈恋爱……站在人来人往的街头，我无比茫然，这种“加速度”的恋爱，让我无法想象我们将来共同生活的场景。

另一位，同样事业有成，且风度翩翩。不过他把工作和生活划分得很清楚，下班以后绝口不谈工作，他说，这是我的私人时间，我在“生活”。他带我看落日，彩霞万道，美不胜收；我们坐在咖啡店里聊天，任时光悄然流失。我说，这太浪费时间了吧，时间是金钱啊！他笑着说，我们忙着赚钱，不就是为了享受这一刻的悠闲吗？人生千万不要本末倒置！

一瞬间，我想到了前面那个被生活牵着鼻子团团转的男人，永远在忙碌，永远不停歇。我真的不能想象，要和一个整天忙得一塌糊涂，甚至连给我发短信都没时间的人生活一辈子。年已不惑，经历了太多的风雨，我想做一个有时间享受生活的人。我喜欢慢节奏的生活，那是人生的极致。

最终我选择了这个懂生活，且有时间享受生活的男人。两个人心的交流，融洽而美好。

隆冬时节，雪花飘舞。我说，我想踏雪寻梅。他说，好啊，我也正有此意。于是，我们并肩出行，一同观赏玉树琼枝，感受“忽如一夜春风来，千树万树梨花开”的诗意美景。一同采摘梅花上的雪花，拿回家烹煮香茶。沁人心脾的茶香，令人回味无穷。使我不禁有此感叹：“是啊，这才是幸福人生。”

生活中，他常对我说的一句话是：“不着急，慢慢说，时间有的是。”我庆幸自己找到了一个心灵犹如阳光下的山泉一般的男人，甘甜、温暖，滋润着我的人生。

爱情来临静悄悄

那个春天，我来到这座陌生的城市。为了生存，我什么都干。白天在干洗店打工，晚上还要去夜市摆摊，卖耳环、头花、发卡、丝袜、小工艺品什么的。

有一个男孩，看上去非常腼腆。华灯初上，也许刚下班吧，他急匆匆地走着，却在我的地摊前停住了脚步。要给女朋友买头花吗？过来挑一个吧，我说。

他不好意思地笑了笑说，你怎么知道我有女朋友？说着蹲下去，在我小小的地摊上用眼神巡视着每一枚头花。我说，我这里全是女孩子用的东西，难道你买了自己戴不成？

他立刻红了脸，小声说，倒也是。地摊上的东西，他看得很仔细，全都看过后，拿起一枚粉红色的蝴蝶状的头花，爱惜地用手轻轻抚摸。我立刻称赞他的眼力好，对他说，这是最好的一枚头花了。不是塑料的，是有机玻璃的。不信你看，塑料的发乌，没有这么好的光泽。有机玻璃的才会这样透亮。

真的，不是我吹，那枚头花真的非常漂亮。蝴蝶呼之欲出，简直就要展翅飞翔似的。浪漫的粉色,正适合年轻的女孩子佩戴。把头发拢在一处,然后别上这枚头花,宛若仙子下凡。

多少钱?

16元。

贵了。他说,眼睛一眨不眨地看着头花,身子都没有动一下。

好吧,15元钱归你。

他点点头,掏出钱给我,把那枚粉色头花紧紧握在手里,转身就走。我叫住他,喂,祝你女朋友快乐,祝你们幸福。

他开心地冲我挥挥手,揣着宝贝,大步流星地走了。

以后,他就经常买我的东西。不只头花、耳环,还有瓷猫瓷狗、玻璃象什么的。有时一边挑东西一边聊天,我便知道了,他是一家餐厅的传菜生,工资不高。女朋友很漂亮。他说长得像我。

因为他,我的东西卖得很快。于是就再进一批货,再卖。我请他吃烧烤,感谢他是我最忠实的老主顾。我让他带女朋友一起来吃。他说,她忙。

夏天的夜晚,下班路上,他顺路买了草莓带给我。看我吃,他开心地笑,露出一口洁白的牙齿。我问他,为什么不回去陪女朋友数星星看月亮?他说,跟她吵架了,晾她几天。我嗔怪,女孩子花朵一样,要人疼的。他凝视着我说,我知道。

夏天的雨,说来就来。他正在挑选一只镯子,就住了手。那是一只红色珠子嵌银的手镯,藏式的,看上去很高贵。如果是别人,我的价一定喊得很高。但是他想要,就成本价给他了。他刚要离开,雨点就下来了。他问我,你带伞了吗?

我摇摇头,没有。

他帮我收拾起小小的地摊。其实就是一张折叠成两半的床单上摆放着各式女式用品而已。来不及收捡，就一并卷起来放进包里。雨追打我们的身体，他带我在屋檐下避雨。他问，冷吗？

我冷得上下牙直打战，说不出一句完整的话。衣服真的单薄。摆地摊的女孩子，哪里买得起质地精良的高档时装？

他犹豫了一下，脱下外衣披在我身上。怕我难为情，他眼睛朝马路上张望，不看我。

我的心感觉无比温暖。一瞬间，我竟然起了这样的心思——若是他没有女朋友该多好……

秋风里，树叶落尽。天冷了，夜市关闭，地摊不让摆了。

雪花纷飞的季节，我回到了故乡。每天，望着窗上的冰花，在想他。

当明媚的春天降临人间，我回到这座熟悉的城市。一路走一路张望，潜意识里，我在寻找一个人。

但是，没有。人海茫茫，尘缘不定。所有的相逢都是缘，所有的错过便是已无缘。

一步一步，向那个熟悉的地方进发。不为摆地摊，只想与一段往事邂逅。

远远地，看见那一米见方的位置，有个人静静地坐着，守着一方小小的地摊。

心跳加剧，在夕阳余晖里，那个人的剪影，让我想起他。

果然是他。一方旧的床单上，摆满了我以往卖给他的东西。粉红色蝴蝶状的有机玻璃头花，瓷猫瓷狗，玻璃大象，藏式手镯……

他说，你终于来了。我就想，有缘一定能相逢。

我问，你的女朋友呢？难道跟别人结婚了不成？你怎么沦落到和我从前一样的命运？

他微笑凝视着我，说，你还不明白？如果说我有女朋友，那就是远在天边，近在眼前。

哦，此刻，再笨的我也能猜出所有的谜底。从我们第一次相识，他便喜欢上了我。所以经常买东西，作为对我最实际的帮助。他根本没有什么女朋友，他只是为了我，才不断地买我摊上的东西。之所以讨价还价，是怕我引起猜疑，怀疑他是出于可怜我才买我的东西。原来，我脆弱的自尊，他一直悉心呵护，不使我受伤。

当春风荡漾，希望重新萌生。当初不敢表白真情的他，现在终于鼓足勇气，来寻找自己的意中人。所以他在老地方等我，相信一定会再次遇到我。所有地摊上的东西，只看不卖。

原来爱情降临凡间，声音是那么轻，像一朵花在春风中如约绽放。红尘中，一朵爱情，在春风中静静地盛开。

给婚姻绣上一朵花

经历过一次失败的婚姻，我对爱情二字敬而远之。我想，可能这辈子，我再也不会爱上什么人了。

他知道我的过去，了解我的内心感受。他的爱，源源不断，如阳光下的小溪，流淌进我的心里。说实在的，我何尝不渴望真挚的爱情呢？我只是生怕心灵再次受伤而已。

再次步入围城，我的心忐忑不安。他对我非常好，让我淡忘了从前。我以为，幸福从此会永远围绕着我。而实际上，是我错了。

他出差回来，我立刻给他放好了洗澡水。他刚进浴缸，手机就响了。我打开一看，一条暧昧短信扑面而来。说是送他的红豆香包，就是希望他随时想到“此物最相思”。他接过手机看了看，轻描淡写地说，肯定是发错了。

我不信。打开他的包，我一一检查里面的内容。果然，一只玲珑可爱的六角形香包，暴露了他的心事。粉缎香包，精致无比。里面除了薰衣草之外，竟然还藏着一颗相思红豆。

不听他的任何辩解，我摔门而去，回了娘家。

新买的一件衣服,胸口是两只飞舞的蝴蝶,漂亮极了。没想到,被小猫的爪尖抓破了一处。那么难看的一个破洞,使得我的心情更加郁闷。一把抓起那件衣服,我想扔掉算了。

母亲接过衣服仔细端详,然后用绣花绷把破口处绷紧,再用五彩丝线绣出一朵美丽的花。随后将衣服递给我,说,看看,能不能穿?惊叹于母亲的心思细巧,这朵花绣得恰到好处,在蝴蝶旁边,悄然盛开。它使一直郁郁寡欢的我,第一次绽开了笑靥。母亲说,其实婚姻和衣服一样。破了后,大多数人想到的第一件事就是把衣服扔掉。可仔细想想,如果绣上一朵花,岂不比原来还好?

我明白了。这世上,唯有懂得珍惜的人,才会像对待这件衣服一样,在围城出现裂缝之后不是一走了之,而是积极修复,让婚姻的城堡变得固若金汤。

穿着这件衣服,我返回家中,和他认真谈了一次话。告诉他,我有多爱她。对他说,我的人生旅途上,不能没有他。拥我入怀,他感动万分。删除了暧昧短信,把香包原物奉还。从此我们的婚姻,温馨依旧。

从此以后,尽量抽时间陪他。聊天、吃饭、郊游、远足,甚至钓鱼、下棋……凡他喜欢的,我都学会了。渐渐地,我发现,我们又回到了当初热恋时的状态。爱是相互的。他爱我,我应该更爱他,而不是一味享受他的爱,觉得他对我好是理所当然的。每当回想起此事,我总是庆幸不已。幸亏当时没有莽撞放弃这段婚姻。不然,怎么会有柳暗花明的时候呢?

当感情出现问题时,请不要一味选择逃避和放弃。不妨换一个角度,用爱给婚姻绣上一朵花,便是一生的岁月静好。

让婚姻之树健康地生长

结婚多年，心理上一直缺乏“安全感”。总觉得婚姻不稳固，老公心太花。一时半刻也不敢掉以轻心，生怕有一天老公出轨。

我偷偷查看老公的手机，看到肉麻短信就厉声质问。老公无言以对，只能说，你爱咋想你咋想，反正我对婚姻是忠实的。他越这样说，我越不相信他的话。我调出话费单一一排查，找到一个凌晨5点打来的电话号码。电话拨过去，是一个女人接的。我关掉老公的手机，心在颤抖。检查他的每一件衣服，规定他晚上12点必须回家。控制他花钱的数额，以为这样就可以万事大吉。而这样做的结果，是更加惹怒了老公。我们终于分手了。

时光如流，孤单依旧。时间是治愈心痛的良药。我想找一个人生伴侣，让我的人生不再寂寞。

梁晨走进了我的视线。阳光，帅气。脾气好，会做饭，善于倾听，踏实可靠，但他是未婚。这让我很有些为难。我只想找个离过婚的男人一起生活。因为有相同的遭遇，才会更加理解我，懂得珍惜，懂得心疼我。敏感的话题，他应该不会涉及。曾经的伤痛，他可以尽力避免。我默默地想，一个未婚的大男孩，他能懂得我的心吗？

我跟梁晨认真谈了一次话。我对他说，首先，我承认，我是一个“二手”女人。在你面前，我很自卑，这一点，我坦然承认。想当初，青春妙龄的我，在还不知爱是什么的情况下嫁给了前夫，后来因为种种原因分开了。如果我对你说，从此以后不会再想到他，这是假的。我能够负责任地承诺的是，所有的前情过往，我会封存于记忆深处，不去触动。人到中年，我们今生有缘，这是我思想成熟的清醒选择，在我的感觉里，你就是我真正的第一次的爱恋。

梁晨听了我的话，深受感动。他握着我的手说，“二手”女人分两种，第一种，因为燃烧过一次，由于氧气不足成了木炭。但只要给她一点火种，就能收到她的温暖和激情。这种女人更懂得珍惜爱，懂得爱。当然，也有一种这样的“二手”女人，燃烧过一次之后就成了灰烬，激情不再，心如死灰。他说，我的运气很好，找到了前一种“二手”女人，得到了“一手”的爱。

本来事情很顺利，我和梁晨都在心理上做好了迈入婚姻殿堂的准备。但是，就在我们筹备婚礼之时，前夫听说了我的事儿，竟然打来电话，劝阻我不要跟梁晨结婚。在电话里，他振振有词地说，和你分手后，我以为你成熟了，懂得了婚姻的意义。但现在一看，你还是那么幼稚，太不成熟了。你找个什么人不好，偏找了个年轻未婚的。他比咱们的儿子才大几岁而已，你觉得这样合适吗？我奉劝你，找个成熟点的、年龄大点的，也不至于让儿子觉得尴尬，都不知该叫他叔叔还是哥哥。我说，这你不用操心，按辈分，他是孩子的叔叔，这个我懂。另外，告诉你，我的事儿不用你管，你过好你的日子就行了。

放下电话，我百感交集，不禁失声痛哭起来。人到中年，带着儿子过日子的中年女子，想再婚，难。即使有了合适的对象，还要协调与儿子的关系，太难了。

梁晨知道后，过来安慰我。他说，幸福都是要自己去争取的，而不是现成摆在那里的。他说，你前夫的话也有道理，我们找个时间，和你儿子好好谈谈。

和儿子的谈话竟然出奇的顺利。业已成年的儿子，豁达而理智。他不反对我再婚。说，家里太冷清了，多一个人好，热闹。我的泪潸然而下，感慨万千。儿子长大了，懂事了。

历经波折，我和梁晨幸福地结合了。我们的爱巢里，全是我们新添置的物品。甚至衣物，哪怕我很喜欢，只要是过去穿过的，也不要了。那些带着旧日气息的东西，我把它们打包整理好，交给母亲保管。母亲说，你做得对。人应该轻装前进，不要带着精神包袱。

和梁晨在一起，我绝口不提从前的往事。没有忘记，只是不再刻意记起。心灵的湖，让记忆安眠。我的人生，还在继续。我深深懂得，"二手"女人，应该适当地患上健忘症。那过去的事，不论是悲伤的还是甜蜜的，淡忘了最好。

经历了失败的婚姻，再次步入婚姻殿堂的我，因为珍惜爱情，所以万分紧张，我想知道他的行踪。我习惯性地想偷看他的手机，查看收件箱和发件箱。无数次想悄悄打开他的电脑，以便全面掌握他电脑中所有资料的内容。还想快速破解他的QQ密码，登录上去看看，有哪些人，尤其是女网友比较可疑，必须加以防范的。特别想知道他的邮箱密码，想阅读他收到的每一封电子邮件，想知道他发出的每一封邮件的详细内容。总之，上一次失败婚姻的所有后遗症，此时全部显现无疑。

那次他去外地出差，莫名其妙地不回复我的问候短信。情急之下我打电话过去，手机铃声一直在响，他却不接。猜疑与怒气同时迸发，我不停地拨他的手机号码，累得手酸也不停止。害得他跑到公用电话亭给我回电话，说他现在正在与别人谈业务，不方便接我的电话。等他回来了，我当场把他的公文包打开，确定真的没什么可疑之物才放心。他坐在一边看我检查，唉声叹气地说："我又不是《红楼梦》里的贾琏，潇洒风流。唉，快要窒息了，我出去走走。"

我还满腹委屈呢。于是，找母亲诉苦。母亲听完大笑，说："你再这样疑神疑鬼，观音菩萨都没法帮你，你们的日子肯定不长久。"我辩解道："我就是怕婚姻再亮红灯，所以才步步为营，严防死守的啊！"

母亲说："可是你忘了最主要的一条，那就是，爱情的基础是相互信任。不信任他，你何必嫁给他？"母亲的话让我明白了许多道理。爱情如沙，握得太紧，沙会漏光；爱情如沙，轻轻捧在手心就好。爱情如一个机体健全的人，时刻需要自由呼吸。如果束缚、猜疑过多，爱情就会生病。严重时，会窒息，直至死亡。母亲的话让我陷入深思。是的，母亲说得对。从那以后，他的朋友来访，我倒杯热茶，主动回避，让他们谈个尽兴；我的朋友约我吃饭，饭后去茶室喝茶聊天，他也绝不会催我早点回家，而是打来电话，关心地问："现在街上还有车吗？你们聊，聊够了我去接你回家。"

静静的午夜，我和他促膝交谈。我问他，你如何让我忘却我的前夫呢？他说，我试试。

此后的每天晚上，他都要陪我聊天一小时。亲密交流，沟通思想，让我觉得轻松。原来每个已婚女子都需要一个耐心的听众，那就是自己的丈夫。拥我入怀，轻拂我的秀发，握着我的手，他沉静地听我述说心中的困惑与苦恼，那么耐心。也许，女人天生有倾诉的欲望。也许，并不需要答案，说出来就开心。在他温柔的注视下，在他温暖的怀抱里，我的心，平静安详，如美丽的高山雪湖。

不去查看他的手机，因为我放心。偶尔晚归，他一定会提前告诉我，让我先睡，是那么体贴。于不经意间，我发现自己变了。幸福感伴随着我，我微笑如花。有一天，他对我说，我做到了你希望我做的事。我想了又想，是的，不知何时，我已经把前夫淡忘了。

他说，其实，你以往的婚姻之所以难以持续，是因为你心里没有“安全感”。你觉得他像风筝，而线又不在你手中。所以你焦虑，你多疑，你害怕婚姻土崩瓦解，你担心围城有一天全面坍塌。安全感对女人来说很重要。而你的前夫根本无视你的这种心理需求，说到底，是他太自私。或者说，是他不够爱你。真正爱你的人，才愿意听你诉说，愿意为你分忧。

我们深情相拥，幸福在我心中流淌。我庆幸，第二次的婚姻，我找到了一个肯给我“安全感”的好男人。而他之所以肯给我安全感，是因为他爱我，胜过爱自己。

让婚姻的大树健康地生长，它便枝繁叶茂，带给彼此一片翠绿、一片阴凉。

婚姻幸福的秘诀

结婚10年,我和老公早就没了感觉。每天要上班,回来做家务,晚上辅导孩子功课,忙得我团团转。他是油瓶倒了也不知扶一把的主儿,总对人说,老婆精明能干,我每天回家都吃现成饭。起初我听了还很得意,后来就不以为然,觉得他除了嘴巴甜哄我开心之外,别无长处。

吵架就成了家常便饭。气急了,我一走了之,回了娘家。左等右等,不见他来接我。离婚这个念头,自然就涌上心头。我对母亲说,你看,就这样一个平凡的人,扔人堆里就找不到的主儿,还自视甚高呢。我说,你看,他又矮又矬,天生武大郎的样子,不用扮相就可以上台演京剧了。八字眉,三角眼,不知当初我怎么会看上他的。我说,你看,他一个月挣不了几个钱,烟倒越抽越凶,一天两包都挡不住。我说,你看,这个骄傲的家伙,理也不理我。我跟他吵,他就故意把电视机音量加大,想气死我啊!我说,你看,以前我们恋爱时,他还知道早早订好蛋糕,买好礼物给我。现在倒好,只动动嘴皮子,说一句生日快乐就了事。以前他手机随便放哪儿都行,现在可好,一听手机响就做贼心虚地往阳台跑。站在阳台前,小声接电话。嗯,他是不是有外遇了啊?最后我总结道，我是真的瞎了眼了，竟然会看上他。算了，离了算了。

母亲说，你说你，除了抱怨和指责，你就没有别的话了吗？当初，我们觉得他太贪玩、不大成熟，反对你和他来往，你不是坚决维护爱情，说非他不嫁吗？现在又说他这不好，那不好，其实是你太极端了。婚前把他想得太好，婚后又把他想得极其不堪。其实，男人就是男人，不是你想的那么好，也绝没有你想的那么坏。我觉得他总体上是挺好的。比如他开朗，凡事想得开。比如他月月工资上交，抽烟还得找你要烟钱。比如他喜欢夸奖你，无论你穿什么衣服，他都说很漂亮。比如他有耐心陪你逛商场。男人结婚后，爱会藏在心里。夫妻间，浪漫的成分少点很正常。只要他心里有家，有你和儿子，那就行了。至于他的外表，俗话说，情人眼里出西施。你只是现在烦他才这么说，其实我看他挺顺眼的。至于他抽烟，你要劝他戒烟，这是你的事情。至于上阳台接电话，我看他是怕你多想，才这样做的。如果你们关系亲密，彼此信任，他是不会有外遇的。我教你一招，绝对管用。以后每天一句赞美就行。我说，好吧，我试试。

回到家，他已做好晚饭在等我。一起吃了饭，他跑去洗碗。我脱口而出，你今天好勤快啊！他听了，笑道，老婆肯回家，我求之不得。只要你不再往娘家跑，我愿意天天洗碗。看着笑眯眯的老公，我对自己说，原来赞美也不是特别难。

以后，每天清早，老公上班前，我都会对他说一句赞美的话。比如，今天你气色不错啊。比如，今天你领带打得好漂亮。可是，坚持了几天，我就觉得实在找不出话来赞美他了。我打电话问母亲，母亲说，赞美一个人，应该是很自然的事情，何须刻意为之？一句话提醒了我。原来生活中，时时刻刻生活在一起的两个人，赞美对方，应当是随心而至，应该是生活的一种习惯，应该是油然而生，自然产生。以后，很自然地，从心里全面接纳了老公。每天一句赞美也成了很自然的事。老公，你的煎蛋做得真好吃啊。老公，你今天的衣服搭配得很合适啊。老公，你把我的皮鞋也擦了啊……每天一句赞美，让老公心情舒畅地去上班。每天一句赞美，改善了我们以前一直紧张的夫妻关系。每天一句赞美，让老公更加疼爱我。生日那天，一束娇艳的玫瑰映红我的脸庞。那久违的浪漫情怀，重回我们的心底。

渐渐地，我发现，在我的影响下，老公也学会了赞美我。原来，婚姻中，赞美也是双向的。身为女人，其实，我同样需要他的肯定与赞美。并且，在和谐的家庭氛围中，他学会了做家务，懂得了体谅我的辛苦。

清晨，他会提前两小时起床，把红豆、花生、葡萄干等用清水浸泡。然后，煮上一锅香甜的粥。等粥香四溢的时候，他配上小菜和热腾腾的花卷，叫我起床吃早餐。坐在桌前，我热泪盈眶。因为以前，这些都是我做的。多年来，习惯于为别人做早餐，我还从来没吃过一顿现成的早饭。而如此的幸福感的产生，仅仅因为每天对他的一句赞美。赞美的力量，让我对他和婚姻重新产生了希望。往日一潭死水的婚姻，而今有了转机，生机勃勃。

以前，无论我穿什么样的衣服，他总说不好看，弄得我自信全无，很久都没买过新衣服。现在，和他在一起，无论我穿什么衣服，他都说好看。如果搭配上有点小问题，他会一边赞美我有眼光，会挑颜色，同时还会随手在我的腰间系上一条银链，在胸口别上一枚蝴蝶胸针，或在我的手腕处戴上一只玉镯，在颈间系上一条绯红的丝巾……如此一来，完美至极。我的优雅的气质、成熟的风韵立刻显现。我惊讶于他不再像以往那样直言批评我没眼光，而是边赞美边弥补我穿着上的不足。原来，身为女人，如果你肯豁达地对待老公，那么老公自然也会投桃报李，对你宽容的。我也就明白，因为我每天一句的赞美，老公也愿意用欣赏的眼光打量我，用真诚的鼓励面对我，而不是讽刺、挖苦。我终于明白，在婚姻中，配偶就是你的镜子。在这面镜子里，你可以看到你的所作所为对爱人的影响。你善待他、夸奖他，他就不会苛责你、挑剔你。我终于明白了，只有爱你的人，才会这样耐心地打扮你，并且真心地赞美你。于是，在他柔情的注视下，我这朵女人花，重获生机，美丽地绽放。

原来红尘间，不是没有爱，而是看你有没有耐心培养爱的心情。而让真情永驻的方法只有一个，就是真心欣赏爱人，真诚地夸奖爱人，赞美他的优点，不夸大，坦诚于心。而实际上，婚姻中的女人，眼睛都有点毛病。婚前只看到他的好处，婚后只盯着他的不足之处。其实，应该反过来。既然两个人一起登上婚姻的船，那么，就不要一味苛责他的不是，而应该设法改变。放大他的长处，让他变得更好。而赞美他的优点，是唯一能够让他愿意振作自己，完善自我，更新爱情，牢固婚姻的良方。不断地赞美会产生奇迹，因为鼓励的力量是无穷的。一句话，如果当初他没有优点，你怎么会嫁给他？那么，在婚后，让婚姻幸福长久，双方都应该做出努力。相互赞美，婚姻美满。

夫妻间的每天一句赞美，让彼此的心连得更紧。携手漫漫人生路，幸福就在每天一句的赞美里。

美好的爱情一路向前

柳倩要结婚，婚房已经装修好了，是新郎王欣的父母出钱买的。复式住宅，双卫双阳台，落地窗，宽敞明亮。婚期已经拟定，一切顺理成章，眼看水到渠成，皆大欢喜。

但恰在此时，新《婚姻法》有关房产的规定让柳倩大伤脑筋。那就是"一方父母买房，离婚后另一方没份"，让她心里没了底。她觉得这样一来，自己不过是个匆匆过客，住旅馆的性质。如果有一天分手，房子跟她无关，她不过是暂时借住而已。这种想法让她心里很不踏实。对此她进行了深入的思考。她想，现在自己青春美丽，但随着时光流逝，如果有一天两个人因为种种原因闹起了离婚，自己就什么都没有了。美好的青春不再，房子也不属于自己，连分一半房产的权利都没有。到那时，人老珠黄的自己，难道要到处流浪、无处栖身吗？不行，现在就得给自己留好后路，这婚才能结得踏实。

于是，她背着王欣，在离婚房不远的地方，悄悄地又买了一套小户型的房子，房产证上写着她的名字。她想，如果以后吵架，我一生气离家出走，又不好意思回娘家向母亲哭诉，那么，至少还有个发泄苦恼的地方。这个地方，拿新潮的话说，就是情绪中转站。房子买了，她才把事情向自己的父母和盘托出。父母说，婚还没结，你就有这么多想法，可见你对爱情信心不足。你有了这种想法，这婚还是先不结算了，再了解一下再说。她却说，喜帖都发出去了，怎么收回？再说了，一个人，生气的时候当然需要释放了。尤其是已婚女子，在哪里发泄都不合适，还是自己有套房，凡事有个余地的好。她让父母为她保密，不要告诉新郎王欣这件事。父亲虽然觉得为难，但也不希望因此而影响女儿的婚姻与未来的幸福，只好保持沉默。

结婚那天，一切顺利。只是到了晚上，因为不小心，她手指上的婚戒给弄丢了。新郎王欣很生气，一个人找了半天，也没找到。于是让她再好好想想，到底可能丢到什么地方了。而她想的却是，真不吉利，新婚之夜，婚戒却丢了，看来我跟他真的是一点缘分也没有。即使找到了婚戒，看来我们也是不可能将爱情进行到底的。你看他现在就那么凶地对我，朝我吼，到底是一枚戒指重要还是我重要啊？这样一想，她也生气了。一跺脚，起身就走，满大街乱逛，希望王欣追出来，拉她回去，女人都要面子嘛！

没想到王欣看她一言不发，一点知错的样子都没有，气更上来了，干脆不去追她，倒头躺在床上生闷气。

午夜寂寂，新娘在城市游走，一路眼泪。现在能到哪里去呢？新婚之夜跑回娘家，父母也要笑自己的。一面想一面走，谁知竟然走到她自己买的那套小户型房的楼边上了。

上楼，掏出钥匙打开门，她走进去，关好门。在属于自己的私人空间里，她号啕大哭起来。一个人就是好，哭成了泪人也没人劝。等她哭够了，心情也好了，天也亮了。

平静地回到新房,她对新郎说,我错了,原谅我。新郎找了她一夜,正急得要命,看她回来了,心情也好了,不再追究戒指丢失的事,问她在哪里过的夜。她说,回娘家了。

事情过去了,她心里的结也落下了。那就是,她觉得结婚太莽撞,对王欣真的是了解不够。因为恋爱时,他对她几乎是百依百顺,脾气那么好。所以,她就认为他是天生的好脾气。其实不然,哪个男人没点脾气呢?但恋爱中的男人,都那么愿意迁就心上人的种种要求,这很正常,也很自然。但结了婚,居家过日子,真实的一面自然也就显现了。这同样很正常,很自然,但柳倩就是接受不了王欣的这种变化。也因此,她心里对婚姻也不再看好。所以,思前想后,她最终也没把自己买了套小户型房的事告诉他。

后来她把私房钱也放到那里了。有了“小金库”,她经常买高档化妆品和精品时装武装自己,老公王欣心生郁闷,觉得她不够节俭,吵架因此而不可避免。这一来,她哭得梨花带雨,更觉得自己嫁错了人。一怒之下,身心俱出轨,和初恋情人刘伟黏到了一起。还是因为有现成地方“备份爱情”,她干脆周末才回家露个脸。纸毕竟包不住火,风言风语传到王欣耳中。面对王欣的质问,她无言以对。

事情闹大了,初恋情人立刻人间蒸发,再也不见踪影。她两头落空,孤独寂寞,才品出婚姻的滋味。那就是,爱要真诚。既然决定一生相守,那又何必为爱情留后路?实际上,就是因为留有后路,所以爱情向前的路反而被堵死了。爱是纯真的灵魂相依,爱是两个人一起面对未来。爱是将身心完整地交给对方,爱是心灵的相知,精神的默契,思想的共鸣。爱是忘却自己,一心为对方着想。如果达不到这种境界,爱便不够纯粹,掺了杂质。而掺了杂质的爱,如同达不到标号的水泥,勉强也可建房。但最终,围城一定倒塌。何必为爱情留后路?爱一个人,就是真心相许,携手未来。

这一次,她认真检讨自己,悔恨不已。知道王欣的心已难挽回,所以约他出来,和他好好谈了一次话。这时,她才知道,原来新婚之夜,王欣已得知她背着自己买了一套小户型房的事。心中五味俱全。他说,你买房我不反对,但你不应该瞒着我。是你对我的不信任,对婚姻的没信心,导致我朝你发脾气。更何况婚戒是一种象征。戒指丢了,我觉得我们的婚姻前景也很不明朗,所以心里烦恼,对你大吼大叫,就是想把婚戒找到。其实,你知道吗?我一直希望你向我坦白,告诉我你买了一套小户型房的事。但我最终失望了。有了这套房子,你情绪不好,不想理我时,就跑到那套房子里,和我进行冷战。这使我极度心理疲惫。我总在想,如果没有那套房子,你能够直面我,我们一起探讨、交流,你就不会走到这一步。我承认,直到此时,我还爱着你。但是,我接受不了你和初恋情人缠绵的事实。你知道他为何人间蒸发吗?因为他早就结婚了,他有老婆、孩子,他不可能离婚娶你的。

她听了,如梦初醒,这才知道自己被骗了。所谓的浪漫邂逅,其实是刘伟一手操纵而成。到了这时候,她才真实地感受到王欣的豁达与宽容,才真正地感受到什么是真正的爱情。她对王欣说,请给我一次机会吧,原谅我所有的过失。王欣郑重地点点头,说,我相信经历了这么多,你会变得比以往成熟。

两个人手牵手回了家,手牵手把那套小户型的房子卖掉。让爱情在阳光下灿然绽放多好,何必为爱情留后路呢?让爱情一路向前吧,人生何等幸福与美好啊!

文人的情书

岁月如流水，转眼便是沧海桑田。然而人世间，随时光流转，而情怀依旧。夏花灿烂的时节，细细翻阅那些文人的情书，令人感动。那些温暖人心的文字，足以温暖红尘中孤寂的心灵。

这是鲁迅写给妻子许广平的情书："此刻是半夜，却很静，和上海大不同。我不知乖姑（鲁迅对许广平的昵称）睡了没有，我觉得她一定还未睡着，以为我正在大谈三年的经历了。其实并未大谈，我现在只望乖姑要乖，保养自己，我也当平心气和，度过预订的时光，不使小刺猬（鲁迅对许广平的另一昵称）忧虑。"

这是沈从文写给妻子张兆和的情书："我一辈子走过许多地方的路，行过许多地方的桥，看过许多形态的云，喝过许多种类的酒，却只爱过一个正当最好年龄的人。女子怕做错事，男子却并不在已做过的错事上有所遁避。所以，如果我爱的是你的不幸，那你这不幸是同我生命一样长久的。"

这是梁实秋写给妻子韩菁清的情书："凤凰引火自焚，然后有一个新生。我也是自己捡起柴木，扇动火焰，开始焚烧我自己，但愿我能把以往烧成灰，重新开始新的生活——也即是你所谓的‘自讨苦吃’。我看‘苦’是吃定了。你给我煮的水饺、鸡汤，乃是我在你的房里第一次的享受，尤其是那一瓶苏格兰的名贵威士忌。若不是有第三者在场，我将不准你使那两只漂亮的酒杯，一只就足够了……只有在我们两人相对的时候，可以共饮一杯。这是我的恳求，务必答应我。我暂时离开的期间，我要在那酒瓶上加一封条。”

这是徐志摩写给妻子陆小曼的情书：“有人告诉我鱼的记忆只有7秒，7秒之后它就不记得过去的事情，一切又都变成新的。所以，在那小小的鱼缸里的鱼儿，永远不会感到无聊。我宁愿是只鱼，7秒一过就什么都忘记，曾经遇到的人，曾经做过的事，都可以烟消云散。可我不是鱼，无法忘记我爱的人，无法忘记牵挂的苦，无法忘记相思的痛。如果一开始，你就不要出现在我的面前，那么，我也许就不会知道幸福的滋味……”

这是王小波写给妻子李银河的情书：“做梦也想不到我会把信写到五线谱上吧？五线谱是偶然来的，你也是偶然来的。不过我给你的信值得写在五线谱里呢。但愿我和你，是一支唱不完的歌。我把我整个的灵魂都给你，连同它的怪癖，耍小脾气，忽明忽暗，一千八百种坏毛病。它真讨厌，只有一点好，爱你。我和你好像两个小孩子，围着一个神秘的果酱罐，一点一点地尝它，看看里面有多少……”

读过这些温情缱绻的文人的情书，会让我们更加热爱生活，向往纯真的爱。

巧做“三养女”

一天，闺密问我，你是“三瓶女人”，还是“三养女人”？“三瓶女人”指的是年纪轻轻是花瓶、人到中年是醋瓶、人老色衰是药瓶的女人。“三养女人”指的是修养、涵养和保养都不错的女人。

认真思考后，我说，平心而论，我绝对不是“三瓶女人”。但是，离“三养女人”的标准，我也尚有差距。

在我心里，闺密才是一位真正的“三养女人”。她一向注重自身修养，无论走到哪里，身边都带着至少一本书，有空儿就翻两页。她说，给心灵“加餐”很重要。她脾气极好，从来不跟人发火。夫妻之间，起了冲突，无论心里再委屈，她从来不会狂喊离婚或赌气回娘家。她说，夫妻零距离接触，有点摩擦很正常。他发火时，我绝不会火上浇油。人一发脾气，情绪就会失控。所以，理解他有时心情不好，原谅他吧。她一向注重保养，常去健身、爬山、郊游、跳民族舞、练瑜伽……身边有这样的“三养女人”做榜样，我信心大增，力争早日成为“三养女人”。

以前我读书，常常一目十行，贪多求快，其实读得不精也不深。现在不同了。我会认真阅读，一边读一边思考，心得颇多。以前我跟老公吵架，我的嗓门特别大，把嗓子吵哑了也不罢休。而且一生气，我就对他狂喊：“离婚吧，咱们离婚！”现在不同了。他发火，我就出门，在小区花园里静坐一会儿。花香袭人，能够很快平复我的心绪。静静地回想两个人一起走过的日子，我更加懂得了珍惜。过一会儿回到家中，老公火早消了，晚饭已摆好。看见我进门，他大喜过望，说：“以为你又跑回娘家了呢！”我说：“一点小事而已，何必把战火烧到娘家呢！”说着，平静地坐下吃饭。他忙不迭地为我夹菜，说：“可不是嘛！”饭后，他抢着洗碗、拖地，我则优雅地为他泡好一杯咖啡，香气扑鼻。他说：“老婆，我觉得你变了，变得温柔了，比以前更可爱了。”说到保养，我有三大心得。爱上素食，身体轻盈，这是一。家里有车不常开，时常步行上下班，这是二。健身不去健身馆，小区院内、办公室、家里，随时随处可以健身，这是三。

不断地向“三养女人”的境界靠拢，我的婚姻日趋美满，我很幸福。

· 爱情的滋味

我一向很羡慕邻家女人的幸福生活。风度优雅，气质不凡；皮肤水灵，容貌秀丽；家庭和美，孩子乖巧；生活富足，刷卡购物；城区有复式住宅，郊外还有花园别墅；时不时地，一家人还能去世界各地旅游观光。

闲来聊天，我说，你的生活，我若能过上一天，这辈子也值了。她淡然一笑，轻轻地说一句，谁的人生没有“软肋”？

后来才知道，她老公原本来自乡间，身上没有几个钱。她爱上了他，和他一起到大城市创业，十年后终于把生意做大。

随后她听老公的话，回家做了全职太太，原以为从此可以幸福一生。谁知到头来，老公的心却被别人趁机勾走了。人到中年的她，怎么拼得过年轻姑娘的青春容颜呢？一气之下，她去打了美容针，效果不错。可是从此不打就不行，一年必须打一次，真是后悔不及。

为了留住老公的心，她吸脂，隆胸，割双眼皮，文唇线，最后做了拉皮。但老公对她的人造美视而不见，直言对她说，别瞎折腾了，没用的。女人嘛，老了就是老了，回不去了。

城里的家归她，郊外的别墅被“小三”霸占。“小三”说，有“爱”就行,我不要名分。婚姻中的这根刺就这样硬生生地扎进她心里,令她心痛不已。为了孩子,她不想离婚。要她把自己亲手打下的江山拱手送给“小三”,她怎能心甘?于是选择自我折磨、自我忍受,于人前强颜欢笑。说到旅游,她说,那不过是老公对她的一种精神补偿。她旅游国外,老公在家和别人快活,个中滋味只有自己明白。

终于读懂了她的话——谁的人生没有“软肋”?以往的岁月,遇到这种事,我一定力劝对方,离婚算了。但现在,年已不惑,也阅人无数,懂得了世事沧桑,我对邻家女人心生同情。她那所谓的忍耐,只为了有朝一日感动丈夫,令他回心转意。但不知,这一招是否奏效?

于是,我也对她说,谁的人生只有“软肋”?希望她能读懂。

“圈养”婚姻没好处

闺密人到中年，孩子也大了，没想到婚姻却出了问题。也许是长相厮守，遭遇审美疲劳吧？也许是日日相伴，左手摸右手没什么感觉吧？闺密的老公很坦然地出了轨。不是加班就是充电，借口一堆，理由若干。后来干脆夜不归宿，觉得不跟闺密离婚就算是很对得起她了。

纸终究包不住火。一日行迹败露，闺密连哭带闹，终于从老公嘴里套出了情人的姓名与地址。原来就是他单位同事，以前闺密也曾见过的，长相一般，平淡得几乎都没了印象。闺密连夜找到了那个女人，同样人到中年，有丈夫有孩子。已婚女人当然是打死也不承认自己勾引了别人的老公，谁不怕后院起火呢？吵到最后，只答应以后不再联系，各过各的。

而实际上两个人依然私下联系。只不过闺密的老公做事更加周密，进门前把手机上所有短信全删除，来电显示全删除。但仍与以前一样很忙，不是约牌友打麻将，就是跟好友聚会。反正一句话，依然不把老婆放心上。

我说，严防死守没用的。“圈养”无益，不如“放养”吧，省心省力。

我说，你除了看紧他，就没有什么别的事做了吗？

我的话提醒了闺密，她陷入深思。这之后，她仿佛换了一个人，整天笑容灿烂，快乐无忧。她说她想开了，婚姻如沙，握得太紧了，流失得更快。她说，整天对他斥责不休，反而让他对情人更加怜惜，觉得情人温柔可爱。所以，一切随他去，顺其自然吧。

她买高档时装，过去她一直舍不得，老买地摊货、处理品，现在终于舍得了。她去学古筝，这是她多年前的愿望，而一直没有时间与机会去实现。上岛咖啡屋，她一边优雅地喝咖啡，一边跟我闲话家常，轻松惬意。

她化精致的妆，发现自己其实很漂亮。她每周去健身、跳民族舞、练瑜伽，忙碌而开心。从此不问老公任何事，也不翻看他的手机。她放下了心灵的负荷，获得了精神的自由。

倒是她的老公，对她的变化先是感到疑惑，后是有了莫名的猜疑与担心。问她在忙什么，她答，热爱生活，善待自己。

因为她的从容放手，老公久离的心反而向她一点点地靠近。有一天，他主动对闺密说，我和她分手了。

老公心的回归，让她如释重负。人生路上，她对爱情有了更新的认知。那就是，“圈养”婚姻没好处，“放养”的婚姻更幸福。

浪漫都市窗花情

一进腊月，外婆就忙着剪窗花。外婆有一双巧手，剪什么像什么。喜鹊登梅，二龙戏珠，天女散花，孔雀开屏……真是好看极了。也许是我悟性差，我学不会这些。最终，我只学会了剪“福”字。外婆就说，这东西，易学却难精，得有心琢磨才行。

当我离开故乡，怀着理想闯荡世界的时候，外婆送我的，是一匣剪纸，她所有的得意之作。可是，身在城市中，我发现，城市里是没有人在窗上张贴剪纸的。我由此认定，剪纸是一种又土又俗的东西，是难登大雅之堂的。

外婆来城里看望过我一次。可是住了没几天，就直嚷住不惯，一定要回去。我送她去车站。当列车缓缓开动的时候，她悄悄问我，我剪的窗花，你为什么不贴？我无言以对。

生活在继续。结婚，生子，操劳……耗尽我的精力。之后，离婚，下岗，求职的艰难，让我无暇想到其他。直到有一天，听到外婆去世的消息，我的心立刻被泪浸湿。泪光晶莹，在一个静谧的午夜，打开了那个枣木小匣，一张一张，将外婆亲手剪的各色窗花细细端详。原来，生活的美丽，尽在窗花中。原来，窗花里，有着无数延伸的梦。原来，窗花里，满含外婆对我的深深祝福。终于读懂了外婆的心，我对生活有了美好的向往。

有一天，家中失火，外婆的匣子被烧毁，所有的窗花无一幸免，全部化为灰烬，这让我的心充满愧疚。我去了玉器店，买了一个晶莹可爱的玉匣，准备盛放美丽的窗花。

怀着对外婆的深爱，我拿起剪刀，开始学剪窗花。我明白了外婆的话，窗花，易学而难精。精心地一下下剪着，我终于明白，剪窗花，可养心性。它让纷繁的大千世界远离我的视线，它让我的心回归明净与从容。原来人生，是可以如此从容与优雅的。每剪好一张，便放于匣中。这样做，渐成习惯。每天晚上剪一张窗花，然后我便可以安然入睡。

雪花飘舞的时节，我将自己的作品贴到窗户上。美丽的窗花，就这样悄然开放在城市一隅。

当一个有着阳光般笑容的男人走进我家，立刻惊叹于窗花的美丽。他说，真好看！你剪的？谁教你的？我说，我剪的，外婆教的。你喜欢吗？他说，喜欢，太喜欢了。有这样一双巧手的人，我想一生牵着她的手……

幸福的泪花晶莹在眼角，我默默微笑。原来，幸福，是这看似普通的窗花带给我的。原来，冥冥中，人生自有安排。我可爱的外婆，就这样指引我，一步步走进幸福的所在。

· 平凡生活中的浪漫

她在邮局工作，每天都要接待许多寄包裹的人。寒冬的一天，一个阳光大男孩来寄东西。她照例进行检查，打开精致的包装盒，里面躺着一双粉红色的手套，小巧别致。她疑惑地问他："就寄一双手套？""是啊。""你是在校大学生吧？""是啊。"

她知道学生钱少，就善意地提醒他："大老远只寄一双手套，有点划不来啊。普通邮寄，13元。加急，37元。""我要加急。""是给女朋友寄的吧？"

帅气的大学生羞涩地笑了笑，点点头："是的。下雪了，我怕她没手套戴，把手冻坏了。"

下班回家，她将这件事细细地讲给老公听。羡慕地评价说，看看人家，多浪漫。老公说，这有什么浪漫的？一双手套而已。她说，你懂什么？我仔细看了一下，他寄的那双手套，针织的，不贵，买一双最多也就5元钱。可是他寄加急，37元钱呢。她总结道，浪漫就在这里。寄的东西还没邮费贵，才能看出人家的真心和爱啊！老公不语。她很认真地问老公："如果有一天我去了外地，你会不会也肯花这个钱，千里迢迢寄双手套给我啊？”

老公不以为然地说：“我才没那么傻呢。有这闲钱，买只卤鸡吃吃多好。还有，如果有一天你真的去了外地，也应该是你给我寄手套才对嘛！再说，你又不是小孩子，天冷了，自己买双手套戴还不知道啊？你自理能力也太差了吧？”

她听了，一言不发，气红了脸。老公说：“开个玩笑，你别当真。”她勉强一笑，那笑真的比哭还难看。

事情过去了，可这件事却让她想了许多。渐渐地，她觉得老公真的很俗气，一天到晚只想着吃什么饭，周末到哪里玩。婚前的那点浪漫，早成了久远的回忆。生活越过越乏味，有一天她提出离婚。他要她给一个理由。她说，我不想跟一个俗人过一辈子。

分手后，他去了南方。那年冬天，雪下得很大。一天傍晚，她收到一个包裹，打开来，是一双精致的手套。粉红色的，厚实而美丽。那天是她的生日，手套是前夫寄来的。

她这才明白，于一个心中有爱的男人而言，爱一个人，具体体现在行动上。原来，不善言语表达的他，一直是那么地爱她。她的生日，本来很孤单。可因为这一双寄自南方的手套，从而变得温暖起来。

第九辑

前进的路上，请为自己鼓掌

人生一定要有目标，但目标有大有小、有高有低。高远的目标，一定是为着更多的人过得更好而设定的。有一颗奉献的心，有着良好的愿望，希望更多的人生活幸福，这样的目标一定是鼓舞人心的。目标分短期和长期两种。长期目标的达成，是每一个短期目标的实现积累在一起的结果。走在实现梦想的路上，无人喝彩，也要有勇气为自己的每一次微小的成功鼓掌，因为这是激励自己积极向上的力量源泉之一。请告诉自己——你是最棒的！

人生收获的不只是掌声

人生路上，我曾与王蒙有过一面之缘。

那年夏天，王蒙应邀来新疆维吾尔自治区举办“王蒙写新疆”作品研讨会，我有幸与许多全国知名作家一起参加了研讨会，并在大会上发言，讲述了王蒙的系列作品对自己人生道路的巨大影响。会议结束后，王蒙走到我身边，拍拍我的肩头，对我说：“嗯，你的发言很好。”

王蒙的话使我深受鼓舞，于是我把心里的困惑说给他听。我说：“人生路上，人人都希望获得别人的肯定与赞美。那么，面对不利于自己的流言，该如何回应呢？”

王蒙笑着说：“清者自清，何须回应？”

王蒙的话，令我的心胸豁然开朗。王蒙睿智而坦率的回答，彰显出了一个真正的作家海洋般宽广的胸怀。一句话，王蒙是对的。不回应，恰是最好的回应。

王蒙热情地鼓励我，说：“你要知道，人生路上，成功者收获的不只是掌声和鲜花、赞美与肯定，暴风骤雨也会劈面而至，不请自来。所以，面对流言，你大可不必理会，更不必放在心上。努力进取，做自己该做的事儿吧！不争辩，不回应。心如晴空，阳光普照。因为时间会给予公正的评价，岁月会证明一切。”

牢记王蒙的教导，写作路上，我一路坚定地前行。历尽坎坷，而今年已不惑的我终于事业有成。然而，面对某些人嫉妒的眼光，非议的话，我的心难以平静。虽然走向成功的每一步都无比艰辛。然而当我有了一些成绩，逐渐被人瞩目，不和谐的声音也同时响在耳边。想起王蒙的话，我对自己说，你依靠自己的力量走向成功，你的心应该很坦然。一个人越是成功，所遭受的委屈也会越多。要使自己的生命焕发光彩，就不能太在乎委屈，不能让它揪紧你的心灵、扰乱你的生活。凡事一笑而过，超然物外最好。智者懂得隐忍，你应该在宽容中壮大自我。

感谢王蒙教导我的一席话，给了我继续奋斗下去的无穷动力。让我在攀登的路上全力以赴，专心致志。我深深地懂得，当自己如陀螺一样高速旋转时，自然而然就排解掉了外界的所有干扰。

行进在喧嚣红尘间，我的心宁静如高山雪湖。王蒙的豁达心胸，温暖情怀，激励我一路上进，力求写得更好。

为自己喝彩

常在网络流连，我有了一个发现。很多文友都习惯于被动鼓励，却羞于自我激励。文章发表了，本来自己心情很好，却一定要谦虚到底，直说过奖过奖，我差得还很远。全因大家的鼓励，我才有了今天的进步云云。其实本人和大家心里都清楚，本人若不努力，大家的鼓励也不可能有什么实际的效果。全因自己努力，才取得了成绩。而面对百分百含金量的成功，本人却不敢说一句，感谢自己，感谢自己的坚持。不敢坦然地说一句，我真的很刻苦、很努力。

中庸之道，一向被文人推崇。温良恭俭让，更是处世的法则。只是在如今，彰显个性的今天，过谦就是虚伪，就是不够坦诚。

如果有人告诉我，我的文章发表了，我会给自己送上一束鲜花，令满室生香，心情也更加愉快。然后出去吃一顿好饭，这样犒赏自己。在心里，我常这样对自己说，你是最棒的。只要你努力，就没有登不上去的山，蹚不过去的河。

真心地为自己喝彩，是对自己最大的尊重。尊重自己流下的每一滴汗水，尊重自己珍惜时间、积极上进的成绩与成果。

真心地为自己喝彩，是对自己最大的肯定。肯定自己事业有成，肯定自己未来美好，肯定自己会有更大的成功。

真心地为自己喝彩，是自信的具体体现。一个自信的人，视野广阔，心胸宽广，心中任梦想飞翔，脚踏实地换取成功。每天切实地努力，就有资格为自己喝彩，对自己说一句，你是最棒的！

掌声响起来

“孤独站在这舞台，听到掌声响起来，我的心中有无限感慨……”世间里，总有一首歌令人难忘。于我，20年的历程，全在这首歌里——《掌声响起来》。第一次听这首歌，优美深情的旋律便打动我心。那时候的我，在国企工作，拥有一份令人羡慕的工作，青春靓丽，志向远大。我喜欢写作，我想当作家。每唱起这首歌，我的眼前，便浮现出自己未来成功的模样。受人敬仰，一路鲜花。

然而，人生的坎坷转瞬即到。单位效益不好，我下岗了。随后，婚姻解体，生活状况急转直下。为了生存，天天顶着烈日奔波在求职路上，好不辛酸。

曾经在餐馆里当服务员，不仅要照管前厅，还要兼顾后堂的打杂事宜，每天忙得团团转。有时坐在餐桌边小憩，竟然就真的睡着了。也因此，被老板炒了鱿鱼。

曾经在干洗店当水洗工。一天下来，浑身上下湿淋淋的，手在水中泡得脱皮。即使如此，老板还说洗的衣服不干净，找借口解雇了我。

曾经在私营小工厂打工，被锋利的铡刀削去拇指的大半片指甲。

鲜血直流，痛彻心扉……

有一天，独坐街头，看人潮汹涌，车来车往，心中倍感凄凉。这时一家音像店里传来这首熟悉的歌，让我禁不住潸然泪下。女歌手深沉舒缓的歌声，透着历尽风霜的淡泊与从容，让我猛然回想起心头曾有过的美好梦想。就在那一刻，我找到了自己的出路，用一支笔写出人生的酸甜苦辣，诸多烦恼。

转眼10年过去，我终于实现了理想。每天平静地写作，生活无忧无虑。我终于以自身的不懈努力，实现了自己的人生价值。

永远不会忘记，失意的人生旅程上最深的伤痛。与负心人分手，没有稳定收入的我，只能放弃儿子的抚养权。小楼轩窗，思念在心。不容探视的心痛，让我无比伤感。孤独的夜晚，泪如雨下。我在心中深唤儿子的名字——亲爱的儿子，妈妈想你！我的心，在那时那刻，痛到极点。

感谢自己一路走来的无比坚强。转头流泪，昂首前行。人生在经过无数的峰回路转之后，柳暗花明，我亲爱的儿子终于回到我的身边。母子重逢，热泪奔涌。拥抱我久别的儿子，眼里流淌的，是幸福的泪。

我终于依靠自己走出一条成功的路，具备了一定的经济实力。自立自强，我笑靥如花。

感谢生活，让我不曾倒下。感谢人生，让我拥有真挚的友情。在那些艰苦奋斗的日子里，家人的爱、儿子的期望、朋友的鼓励，成为尘世间我坚持下去的力量源泉。

人生路上，听到掌声响起来，我的心中无限感慨。岁月瞬间变幻，20年的时光在一首歌中流转。我的人生，隽永而丰美。

今生相约李清照

18岁那年，我与李清照初次相逢，惊叹世间竟有如此清丽温婉的好词。从此，我就爱上了这位女词人，遍寻她的词句，时时吟诵。

喜欢她的《点绛唇》："蹴罢秋千，起来慵整纤纤手。露浓花瘦，薄汗轻衣透。见客入来，袜刬金钗溜。"夏日清晨，花园内露水正浓，花儿不多，枝叶郁郁葱葱，妙龄少女尽兴地荡完秋千，轻衫湿透，颇有倦意。她一眼望见园中有人前来，便含羞逃走，脚步轻盈。这是女词人16岁时的作品。读她的词，眼前一片美丽春光。花园中荡秋千的她，那诗意的背影令我产生无限遐想。

喜欢那首轻快优美的《如梦令》："昨夜雨疏风骤，浓睡不消残酒。试问卷帘人，却道海棠依旧。知否？知否？应是绿肥红瘦。"妙词如画，徐徐展开。一日晨醒，女词人问院中的花是否还在开放，得到肯定的答复后，女词人说："知道吗？昨夜雨至，今晨当落花无数。"那一片惜花之心，跃然纸上。

爱情是生活中不可或缺的，她在《一剪梅》中写道："红藕香残玉簟秋。轻解罗裳，独上兰舟。云中谁寄锦书来？雁字回时，月满西楼。花自飘零水自流。一种相思，两处闲愁。此情无计可消除，才下眉头，却上心头。”此时的李清照，时值新婚不久。夏末秋初，因为战乱，她与夫君赵明诚无奈分离，从此音信皆无。相思情重，心生惆怅，李清照的人生开始江河日下。

寂寞的人生路上，常读那首《醉花阴》，感同身受。“薄雾浓云愁永昼，瑞脑消金兽。佳节又重阳，玉枕纱厨，半夜凉初透。东篱把酒黄昏后，有暗香盈袖。莫道不销魂，帘卷西风，人比黄花瘦。”这首词读来伤感无比，却流传千古。

南渡之后的李清照苦闷孤寂，国破夫亡，只遗记忆。一首《声声慢》，读来令人落泪：“寻寻觅觅，冷冷清清，凄凄惨惨戚戚……”在凄凉人世中苦挨黄昏的李清照，也自有一种寂寞中的美丽，令人心生怜爱，又敬重又心疼。

30年来，我痴心不改，对女词人一如既往地热爱。经历了风雨与坎坷，依然坚守自己，保持灵魂的自由。

30年来，我从李清照的词中一路走来，青春已逝。夏夜静谧，耳畔传来蔡琴深沉优美的歌声，唱的是女词人的《如梦令》：“常记溪亭日暮，沉醉不知归路。兴尽晚回舟，误入藕花深处。争渡，争渡，惊起一滩鸥鹭……”歌声中，我的眼前浮现出美丽的夏景：兴尽晚回的李清照，在黄昏的夕阳中，因回家心切，反而迷失方向，急急争渡，惊起一滩水鸟，翻卷浪花重重……

女词人的人生，就在这里定格。我把这首词拓印下来，郑重地镌刻在心上。从此，美丽的女词人就永远在我心灵深处珍藏。斯人已去，然香魂悠悠，芬芳依旧。李清照就这样独舞于月下，轻舒广袖，轻吟低唱。

相约李清照，岁月隽永，生命美丽。

· 晾晒幸福

一直觉得自己很不幸。相貌平平的我，上学，就业，结婚，生子，顺理成章。随后遭遇离婚，工作也丢了。孩子跟我生活，这使得我格外辛苦。除了赚钱养家，还要做家务，真是苦不堪言。

于是，我向母亲抱怨。满腹牢骚，越说越觉得委屈。

母亲笑道，瞧你一天到晚发愁的样子，都快愁成老太婆了。你可知道幸福是什么？就是拥有一份正常的生活。平凡人的幸福，其实是许多名人也无法享受到的呢。你看，你记忆中只有忧伤的记录，那快乐呢？生活中点点滴滴的快乐，从你手中漏下去了，你却毫不知晓。你看，你虽然相貌平平，可是身体健康。虽然失业了，你却更加努力。虽然离婚了，你却因此而重新拥有了自由之身。可以重新开始新的生活，追求一份更完美的爱情。一切都会好起来的。重要的是，把今天过好。数一数你手中现在拥有的，就知道你有多幸福了。母亲说，幸福就像过季的冬衣，要经常放在阳光下晾晒，才会不断散发馨香，温暖你的人生。

不禁想到，我有多少幸福呢？拿出来晒晒吧。回到家中，我拿出一张纸，郑重地写下四个字：晾晒幸福。生命中我收获的幸福如下：

1.我和儿子身体健康。

2.母亲身体也还硬朗。

3.姐妹们婚姻幸福。

4.我找到了一份很好的工作，收入足够养家。

5.我有一套住房。

6.家中有一定的存款以备不时之需。

啊，原来，生活中，我拥有这么多东西啊。

原来，生命中，幸福真的很多啊！旭日每天准时升起，灿烂的阳光每天光顾我的窗前。四季变换尽收我眼底，让我惊叹大自然的美丽。花开花落，春华秋实，人生是何等美妙。我跟邻居相处得很好。我喜欢美食，常常下厨，享受烹煮一道好菜的乐趣。我有书房，有电脑，可以支持我写作的爱好。我的枕边，堆着我爱看的书。宁静的夜晚，打开台灯，柔和的灯光伴我夜读，我的心，无比幸福。我有好朋友，可以倾诉衷肠。离婚了，我可以重新选择人生伴侣，等待生命中有缘人的到来。

晾晒幸福，删除忧伤。把自己的心，当作电脑硬盘，定期进行格式化，从此，我成了一个不折不扣的网上晒客。从一开始的每月一次晾晒幸福，到每周一次，到每天一次，我习惯于感受幸福的点滴滋润，一颗心，就在知足与感恩中平静而愉悦地跳动。

让心灵远离"情绪垃圾"

因为热心,所以网友们一见我上网,便向我诉说心事。生活中的种种不顺,我听了,心也灰暗了许多。这样的次数多了,我发现,时常听人抱怨,很影响自己的美好心情。

我想,其实生活是很美好的。只要你愿意面朝阳光,心灵就会充满温暖。

从此以后,畅游网海,我的一颗心自由而快乐。听到网友无休止的抱怨、诉苦,我不会刻意打断对方的倾诉,而是恰到好处地转移话题,让他盘点一下生活中自己究竟拥有什么。健康的身体是无价的,努力奋斗是最好的,家人团聚何等幸福,邻里相处多么融洽……红尘中,支撑我们精神的三大支柱,亲情、友情、爱情,如果你样样都有,那你还有什么可抱怨的呢?人生难得完美,有梦想就去追求。曾经的遗憾就让它随风而逝,学会遗忘是智者的选择。

进而我想到,不做他人的"情绪垃圾桶"是远远不够的。因为"情绪垃圾"这东西,在人的内心深处不断堆积。因为太多了,必须找地方倾倒。要想彻底消除"情绪垃圾",自身就必须具备良好的排解烦恼的能力。居里夫人曾这样说过：“当我像嗡嗡作响的陀螺一样高速旋转时，就自然排除了外界各种因素的干扰，抵抗着外界的压力。”

所以，让自己动起来，忙起来，人生充实，非常重要。一个人，爱好越多，兴趣越广泛，热爱生活的心就越快乐，幸福感油然而生。人生谁无烦恼？用兴趣爱好去排遣，使自己的心灵更广阔，容得下天地万物，烦恼自然烟消云散。抓紧时间去实现梦想，生命中的每一天都将无比充实。这样的人，既不会是别人的“情绪垃圾桶”，同时自身也充满正能量，也就不可能是制造“情绪垃圾”的人。

人生其实很美的。我们的心灵，应该是一片充满生机的芳草地。让“情绪垃圾”就此远离每个人的内心世界吧，让心灵的花朵美丽地盛开。

美丽人生需要点缀

简单是人生的至高境界，但简单不是简陋，二者不能混为一谈。

孔子的得意弟子颜回，一箪食，一瓢饮，在陋巷。人不堪其忧，回也不改其乐。依我看来，快乐是快乐，然而，人在陋巷，必要的生活设施不能减免。可以简朴，但不要弄到简陋的份上才好。颜回死时年仅41岁，堪称英年早逝。我认为，如果他在世时能稍微注意提升一下生活质量，应该可以长寿。

说到居室，我喜欢探春的秋爽斋。探春素喜阔朗，所以三间屋子不曾隔断。里面放着一张大理石大案，案上堆着各种名人书法帖，并数十方宝砚，各色笔筒。西墙当中挂着一大幅《烟雨图》，左右挂着一副对联，乃是颜鲁公墨迹。这样的客厅兼书房，宽敞明亮，雅致温馨，诗意典雅，并不庞杂，这样的居室人见人爱。

而薛宝钗住的蘅芜院，院中虽有奇草仙藤，越冷越苍翠。及进了房屋，雪洞一般，玩器全无。案上只有一个土定瓶，瓶中供着数枝菊，并两部书、茶奁、茶杯而已。床上只吊着青纱帐幔，衾褥也十分朴素。这样的陈设，实在过于简单。确切地说，是简陋。惹得贾母感叹不已，说：

"要很爱素净，少几样倒使得。我最会收拾屋子了，让我替你收拾吧。"随后对凤姐说："你把那石头盆景儿和那架纱照屏，还有那个墨烟冻石鼎拿来，这三样东西摆在案上足够了。再把那水墨字画白绫帐拿来，把这帐子也换了。"

我的小小蜗居，温馨雅致，充满浪漫气息。粉色的窗纱，透明的茶几，水晶珠帘，让我心怀一帘幽梦。精致小饰物随处可见，但有着统一的格调，那就是温馨雅致，这便是简约的美丽。

其实，这些彰显的不过是我富有情趣的一面，我家里最多的点缀，是书。一定要把书放到伸手就能拿到的地方，方便阅读，这是我的原则。沙发边，几本书静静地等我阅读。阳台上，舒适的躺椅边，放着我心爱的读物。卧室枕边，台灯旁边，几本书放在那里，等我有空儿去阅读。

书房里自然到处是书。坐在电脑前，前后左右全是书，方便我随时查阅。置身书海，与书相拥，心情惬意。好友曾如此评价："你家里哪里都好，只是书房里，除了书，还是书。"我笑答："书房是阅读、写作的地方。因此，我的书房，除了书，不需任何其他的点缀。"

契诃夫说："人的一切都应该是美丽的，面貌、衣裳、心灵、思想。"红尘间，正所谓一沙一世界，一花一天堂。就如浩瀚的大海，广阔无垠。若只有礁石与激流，那该多么乏味。幸而还有美丽的浪花，在大海上绽放。海啊，才让我们如此向往与热爱。

人生的滋味

李叔同，精通音乐、戏剧、绘画、诗词、书法、金石等，在文化界享有崇高地位。1918年8月19日，38岁的他悄然遁入空门，正式在杭州虎跑寺出家为僧，法号弘一。此后的24年，他在佛寺中度过。怡然自得，如鱼得水。虔诚的修行生涯，使他最终成为一代高僧。

1925年初秋，弘一法师在宁波七塔寺清修。一天，他的老友夏丏尊前来拜访。时值正午，弘一法师正在吃午饭，便问夏丏尊要不要一同吃。夏丏尊说："吃不下，我看着你吃吧！"

听了这样的回答，弘一法师便不再深劝，自顾自地继续悠然地享受自己的那份简单的午餐：一碗白米饭和一碟咸萝卜干。看着这样简陋的生活环境，想着才子出家前的锦衣玉食的生活，夏丏尊心酸不已，便轻声问了句："法师，这么咸的萝卜干，吃得下吗？"弘一法师听了，竹箸微顿了一下，随即轻声答道："咸有咸的味道。"

吃完饭后，弘一法师倒了一杯白开水，慢慢地喝着，样子很悠闲，很知足。夏丏尊坐在一旁，回想起法师出家前，饭毕定会有香茗一盏，芬芳而清香。如此鲜明的对比，不免心中又生出几许酸楚，便轻轻地问："这么淡，喝得下吗？"弘一法师淡淡一笑说："淡有淡的味道。"

拥有一颗感恩的心

曾经看过这样一个故事，一个14岁的少年，在平安夜离家出走。原因简单得可笑，只是因为母亲做圣诞大餐时，发现芥末没有了，让他立刻去买一瓶。他当时正看电视，实在不想去。父亲急了，给了他一巴掌。于是他带着空瓶出门了，但并没有去买芥末，而是离开了家，坐火车去了远方。7年后，他在流浪的途中遇到一个善良的人，相信他的谎言，把汽车借给了他，因为他说他急着回家过圣诞节。其实他并不想回家，他只是想把人家的车卖掉换钱花。当他开着车狂奔数千米后，内疚让他明白了，欺骗人是不对的。于是他真的开车回家了，带着满满一瓶芥末，在圣诞节的晚上。而当他带着全家人去还车时，善良的车主听了他的故事，万分感动，就把车送给了他。从此他开着车去帮助那些需要帮助的人，对每个表示感谢的人说，不要谢我，只要尽你的力去帮助别人就行。是的，当一个人有了感恩的心，那就等同于在炎热的七月为别人种下了一棵遮荫的绿树。

美国波士顿有一面特殊的感恩墙，它是波士顿文化的象征。人们在墙上写下密密麻麻的感恩的话语，透过这面墙，我看到了许许多多感恩的心，虽然每一则只有短短几句，但句句情真意浓。

时常坐在窗前，我问自己：你有多久没有好好看看这蓝蓝的天，闻一闻这芬芳的花香，听一听那鸟儿的鸣唱了？有多久没有回家看看，听听家人的倾诉了？有多久没和他们一起吃饭，听听那亲人的欢笑了？有多久没与他们谈心，听听他们的烦恼、他们的心声了呢？是不是因为一路上的风风雨雨，而忘了天边的彩虹？是不是因为行色匆匆的脚步，而忽视了沿路的风景？

在我们漫长的一生中，每个人都是自己生命旅途中一个独行的旅者，要独自面对漫漫人生，独自面对困难坎坷。然而，所幸的是我们生命中常会出现一些匆忙而过的过客，他们的出现如同阳光，点亮我们的人生旅途，增添了沿途风景的美丽，给我们的心中增添了一些温馨的暖意。面对这些匆匆而过的人，让我们拥有一颗感恩的心，让他们的匆匆而过变成我们内心记忆的永恒，温暖我们的一生。

心怀感恩吧，因为生命中每一次温暖的感动都是不应忘怀的。

·钟爱一朵沙漠玫瑰

在非洲的热带沙漠中，生活着一种矮草。如果你把它连根拔起，随便扔到一个地方，任它在那里待上几个星期甚至几个月，当你再次看到它时，它早已成了一把枯黄的野草，死去一般。可当你把它放入水中时，就可以看到它的复苏，几个星期后，它甚至比你第一次见到它时美丽千倍。人们给它起了一个好听的名字——沙漠玫瑰。

也就是从读到这段文字的那天起，心里就对沙漠玫瑰记得很牢，总在心里想象它的模样。

生日那天，朋友送我一盆沙漠玫瑰。惊喜之余，我又没有了自信。因为事实上，我养花从来没养活过，到头来全死了。朋友说，没事儿，沙漠玫瑰耐旱，不娇气，很好养的。

我把沙漠玫瑰置于电脑桌上，倒也是一道美丽的风景。翠绿的叶子，看上去生机勃勃。盛花的花盆也很讲究，六角形的瓷制品，白底上刻着优雅的唐诗，还有兰花的图案。

一周后，我想该给花浇水了，就浇了一点水。结果是，叶子慢慢枯萎，随后全掉落了。光秃秃的枝干令我好伤心。看着已经枯萎的花，觉得实在对不起朋友的好意相赠。于是,怀着伤感的心情,把它移到阳台一角。

没想到,几天后,偶然去阳台小坐,竟然发现它长出了一片新叶。我惊奇无比,欣喜若狂,立刻重新把它放到电脑桌上,天天看着它,茁壮成长。绿色的叶子一片片萌生,沙漠玫瑰奇迹般活了过来。原来,沙漠玫瑰特别耐旱。如果一次性浇水过多,就会泡烂花根。于是我决定一个月只浇一次水。

沙漠玫瑰,真的不娇气。我喜欢它,因为它的适应力很强,并且耐得住寂寞。它像一个品格高洁的人,自由地、快乐地生活,于人世间,几乎不奢求什么。它的坚韧,它的独立、自强,让我敬佩。

前段时间,沙漠玫瑰开花了。鲜红艳丽,形似喇叭,形态别致,灿然生辉。

久久凝视着它美丽的身姿,一颗心仿佛清澈的高山雪湖。与它相伴的日子,也变得芬芳无比,沉静隽永。

人与花,是一种缘。钟情一朵沙漠玫瑰,我的心,静谧安详。

在喧嚣的红尘里静静地读书

在电视机厂工作，干净，清闲。流水线作业，53秒钟插一块线路板，我干得很好。工休时，我捧书阅读。

车间最怕停电，一停电就干不成了。女工们有的扎堆聊天，甩扑克，打双扣。有的下跳棋、象棋、围棋，有的织毛衣。更多的人闲话家常。未婚的，谈恋爱心得，相亲经历，津津有味。已婚的扯家务琐事，老公，孩子，滔滔不绝。还有的人趁机溜号，出门逛街买东西。

我喜欢看书。因为这个爱好，所以显得格外不合群。时间长了，讽刺的声音传来，让我深感迷茫与困惑。有人说，女学究啊，难道还想考大学不成？有人说，人家是未来的文学家，不要打扰人家看书吧。有的说，就她跟别人不一样，一天到晚捧着书看，故意要显得与众不同吗？

凡此种种，都让我深刻地意识到，在公众空间，如果太不合群，那就只能落一个孤单。

在这样的前提下，我妥协了。我试着融入身边的群体，学打双扣，织毛衣，钩餐巾，绣鸳鸯。我抢着给同事打水，争着打扫卫生。我耐着性子陪同事聊天，以此打发停电的时间。

但这样的情形并没有持续多久，我最终选择尊重自己内心的声音。我的心感叹，这样太浪费时间了。你应该去做有意义的事，比如抓紧时间读书。

心，从此变得格外坚定。因为看书并没有影响和打扰其他任何人。我在自己的工位上，静静地读书，为什么不可以？

四周太吵了。车间本身就机器轰鸣。即使停电，人工制造的噪声也在不断传来。打牌的、下棋的、聊天的，人人都在说话。有的人，甚至把车间当成了练歌房，放声高歌，根本不在意别人的感受。噪声成了我最大的烦恼。郁闷地放下书，我无奈地叹气。读书需要一个好的环境。而在喧嚣的车间里，让我如何读得进去呢？在苦恼中，我得知一位名人，有意在喧嚣的街头读书。有人问他，这么吵，你能读得进去吗？他说，如果是好书，一定读得进去。

我恍然明白了，书是要用心读的。如果被周围的噪声困扰，那就是不够用心、不够专注。我进而更懂得了，环境是不可改变的，我能够改变的是我自己。

从那以后，不再在意别人的眼光和闲言碎语，我专注读书，聚精会神。排除了心中所有的杂念，我的心在书籍的海洋中遨游。

在电视机厂工作16年，最美好的时光在那里度过。而今，作为国企的电视机厂已经不存在了，在严酷的市场竞争中被淘汰了。而我，却会永远感谢自己，在那些衣食无忧的岁月中，抓紧时间看书。书籍扩宽了我的视野，让我在遭遇坎坷时乐观向上，努力进取。蹚过人生湍急的河，今天的我，自信而洒脱。

在喧嚣的红尘里静静地读书，人生给了我最好的回报。那就是，不惧艰险，笑迎春光。战胜自我，走向成功。

美丽心情“淘”出来

金秋时节来到宜兴，心情静谧而诗意。

清晨时分，走在“紫砂壶一条街”上，立刻置身于紫砂壶的世界里。街道两边的店铺，别的不卖，统统只卖紫砂壶。游走在紫砂壶的海洋中，我是一条快乐的鱼。

随意走进一家店铺，店主微笑盈人，侃侃而谈，向我介绍各式紫砂壶。造型各异的紫砂壶，让我大开眼界。个个都好，件件精美。我无法做决定，真的是爱不释手。玉指纤纤，小心地捧起紫砂壶，零距离观赏，赏心悦目。屏息凝视手中的壶，玲珑秀雅，让我的一颗心于瞬息间忘却世间所有的烦恼。打开壶盖，观看壶心所在，同样是无比精巧，堪称完美。陶醉在欣赏与挑选的乐趣中，时光在飞逝，而我浑然不觉。眼花缭乱，实难决定，到底该买哪只壶。于是我说，我去别处转转。

走进另一家店，店主过来招呼。我说，让我自己慢慢看吧。店主说，好，随意、随心、随缘。在店内悠然地浏览，我发现同样的壶，有的很贵，有的很便宜。店主一语道破天机。他说贵的是手工制作，便宜的是机制的。店主问我，你买紫砂壶，是为了收藏还是自己使用？我说，我自己用，同时也希望它具有一定的收藏价值。店主说，你买名家的作品最好。一来质量有保证，二来也有升值空间。不要被名家两个字吓住。有的壶，虽出自名家，价格却也不是很贵。我明白了，宜兴的紫砂壶，是要慢慢“淘”的。心里因此也有了谱，我知道我该怎么买壶了。

一家一家逛过去，“淘”壶的兴趣增加，购壶的经验也在不断增长。我知道了多种紫砂壶的壶型名称，比如洋桶、一粒珠、龙蛋、四方、八方、梅扁、竹段、鱼儿龙、寿星等。还懂得了一些赏壶的门道。知道那些色彩过于艳丽以及造型新奇，甚至怪异的壶绝非佳品，那只是赶时髦的玩意儿。因为紫砂壶的境界接近于茶道，即“淡泊质朴，沉静于心”。而时尚新潮的壶，有的干脆就倒不出茶来，只能看不能用，缺乏实用性。知道了上乘的紫砂泥，应具有“色不艳、质不腻”的显著特性。

从店家口中，我知道了一把好壶是怎样看出来的。首先，取壶在手，去掉盖子，茶壶嘴、壶柄及茶壶口在同一个水平面上的，就是好壶。其次，将壶中水倒出，手按住茶壶盖的小孔或流口，水如果涓滴不出或壶盖不落，则表示是一把好壶。

傍晚时分，逛遍了整条街，花了1000元钱，我终于“淘”到了三把中意的紫砂壶。一把是名家的壶，等待升值，算是我的收藏。一把是半手工制品，壶身是六面形的，每个面刻着一朵洁白的梅花，美丽温婉，诗意可爱。还有一把是机制的，便宜实惠，造型大方。

正所谓“人间珠宝何足取，宜兴紫砂最要得”。人在宜兴，从清晨到日暮，流连于紫砂壶的世界里，美丽心情“淘”出来。

第十辑

有一种温暖叫亲情

人生路上，艰难跋涉。在最艰苦的时候，朋友可能无暇顾及，爱情可能离你远去。在你最需要帮助的时候，亲情是照亮你人生夜空的熊熊火炬，指引着你前进的方向。并且在关键时刻能够拉你一把，拉你走出人生的困境，送你步入康庄大道。因此，请善待你的亲人，勿忘家乡的山山水水，因为那是你生命的根。

不要欺负那个爱你的人

一向都看不起母亲，因为母亲不识字。不识字，素质就低。我烦母亲高门大嗓地说话，仿佛在与人吵架。我讨厌母亲生吃黄瓜的样子，把黄瓜只在衣摆上擦擦就吃，还说，不干不净，吃了没病。我嫌弃母亲每每把我的剩饭都端了起来吃，一边吃一边说，浪费了多可惜。我最厌恶的是，母亲是北方人，爱吃大蒜，常常生吃，一嘴大蒜味儿，让我闻到了就想吐。

我常常皱眉说，妈，你吃蒜不要紧，只是要记得，吃完蒜要刷牙，或者含块糖也行，再不济，嚼点茶叶也行。母亲听了，委屈地不语。

为了这个，我常买口香糖给母亲。可是母亲总是忘了吃，每次吃完大蒜，都是嘴一抹就出去串门了。

凡此种种，都让我没法看得起母亲。

正是因为看不起母亲，我从来不跟母亲一起出门逛街。我怕她影响我白领丽人的形象。在单位，我从来不提起母亲，我不想让人知道我的母亲不识字，没文化。

结婚后，我不常去母亲家。就是去了，东西往地上一丢，就想转身离去。母亲总说，陪我说说话嘛！我说，说什么？一股大蒜味，难闻死了。说完了，我逃跑似的离去，脚步如飞，一秒也不想停留。

我的那种居高临下的神情与不可侵犯的气势终于激怒了母亲。出于自尊心的受损，母亲有一天对我说，以后你不要来看我了，看见你的眼神，我就气饱了。

我说，这是你说的，你别后悔。一跺脚，我转身就走。出门时，我回头看了一眼母亲，母亲的脸上写满落寞，眼角有泪花闪烁。

此情此景，也不过是让我离去的脚步放缓了一秒钟。从此以后，我就再也没有去看望过母亲。

倒是母亲，常常托人给我送来她亲手做的食品，韭菜合子、红烧肉、卤鸡、卤牛肉什么的。我咬牙切齿地不想吃，可又抵不住食品本身的诱惑，只好一边吃一边骂自己没骨气。母亲知道了，笑说，我的女儿，吃惯了我做的饭，我知道的。

于是我托人转告母亲，不要再送东西给我，送了我也不吃。后来，熟人告诉我，我的话让母亲伤心了许久，哭了许久，眼睛都哭肿了。

我生病了，重感冒，昏睡在床上，心心念念的，只想喝一碗小米粥。睁开眼睛，就见母亲坐在床边，手里端着一碗热腾腾的小米粥。

"听说你病了，我急得不行，就熬了一锅小米粥送过来，路滑，还摔了一跤。还好，粥碗我抱在怀里，没撒掉，还热着呢。"母亲小声说，眼神四下游移，不敢看我的眼睛。那神情，仿佛一个做错了事的孩子。

我的心，一瞬间湿了。心中那坚硬的部分，冰雪一般，遇到融融春日，融化成温情的溪水。

这就是我的母亲。她怕我训斥她，怕我赶她出去。只是因为她爱我。

唉，身为女儿，也不能这样欺负母亲。把母亲的爱，当作理所应当的付出，享受着母亲的爱，却不知道感激。这世上，我们常常忽视的，就是母亲的爱。平时，我们常常忘掉母亲。只有受了伤害，遭到挫折时，我们才会想到母亲。我们太自私了。

无论我们怎样对待母亲，而母亲对我们，永远只有一种态度，那就是爱。母亲永远只有一种姿势，那就是敞开怀抱，拥抱我们。

喝下那碗浸透母爱的香喷喷的小米粥，我也读懂了母亲的心。

这以后，我常常陪母亲一起出门逛街。出门前，我会仔细地帮母亲系好鞋带。过马路时，我挽着母亲的手小心地过去。阳光下，母亲的一头银发闪闪发光，母亲的慈祥笑容显得如此温暖。

不再计较母亲没文化，不识字，也不再理会母亲爱吃大蒜的嗜好。母亲的高门大嗓，我已经习惯了。而这份包容的心境，都源于深刻的感悟——不要欺负这世上最爱你的那个人。善待母亲，我们的心才不会疼。迁就母亲所有的缺点，也只是因为她是我的母亲，是这世上最爱我的人。

一杯糖水的深情

父亲早逝，母亲一手把他拉扯大，为了让他上大学，家里背了债。所以，工作后一直忙于还债的他，想找个女朋友不容易。

一次，他带女朋友回家，母亲热情地请她坐下，关切地端来一杯糖水，说，渴了吧？喝一杯糖水润润喉吧。

她还真是渴了，端起水就喝。只喝了一口就大叫起来，天，这是什么水啊？咸死了！一边说，一边把喝下的水吐了出来。

她私下对他说，你妈真是老糊涂了，竟然让我喝盐水。说完这话，不容他做任何解释，转身离去。

后来，他又有了女朋友。母亲依然态度很热情。端来两杯糖水，他与她每人一杯。对她说，渴了吧？喝一杯糖水润润喉吧。

她喝了一口，表情有点奇怪，带着困惑的神情转头看他。他喝着水，还连声说糖水真好喝。于是她心中释然，将那杯糖水一饮而尽，一脸微笑。

母亲对他说，这姑娘好，娶了她吧。

新婚之夜，他谈起这件往事。她说，我一尝就知道那是一杯浓度很高的盐水。可当我看到你满头银丝的母亲，就觉得应该原谅她的疏忽。即使是苦涩的盐水，我们一起喝，那水里就有了爱的味道。

他感动地紧紧拥抱着她。母亲的巧妙试探，不过是想替他找到一个愿与他同甘共苦的人罢了。其实，他喝下的那杯水，真的是糖水。面对自己心爱的儿子，母亲怎么舍得让他喝下一杯又苦又咸的盐水呢？

刀鞘中的父爱

我的人生，长久以来，都是一帆风顺的。有一份好工作，有一个好婚姻。儿子活泼可爱，公公婆婆也对我极好。我以为，人生本就应该这样，幸福会永远围绕在我身边。看我心满意足的样子，父亲有点担心。他说，路太顺了，有时也不好。若遇坎坷，你怎么办？

那时候，单位效益好，工资高不说，奖金也很可观。尤其年终奖，更让我心花怒放。我把年终奖统统交给了父亲，说，女儿孝敬您的，拿着吧。

谁知天有不测风云。因种种原因，单位破产，我失业了。与此同时，更大的打击在等待着我。老公有了外遇，坚决要和我离婚。孩子的抚养权给了他，我从此一蹶不振，对前途无比悲观。

七月流火，烈日炎炎。我在城市的大街小巷奔走，只求能找到一份工作。没有高等学历且人到中年的我，没资格挑工作，只能等工作挑我。

当我在生活的旋涡中苦苦挣扎时，父亲因操心我的生活现状，竟一夜愁白了头。为了帮我渡过难关，早已退休了的他放弃了安闲的生活，租了摊位去卖衣服。看着满头银丝的父亲为了多挣一点钱，跟人讨价还价，甚至到了斤斤计较的份上，我心里五味杂陈，既难过又惭愧。

有一天，正在摊位前忙碌的父亲脑溢血突发，送进医院后，人已经不行了。医生下了病危通知单，一瞬间我泪如泉涌。昏迷中的父亲也许是听到了我的悲泣，清醒了几分钟。他拉着我的手说，这辈子，我心里最放不下的就是你……

父亲走了。随后，母亲因悲痛过度，心脏病复发，住进了医院。每天往返于医院和家之间，加上到处找工作的艰难，四处碰壁的困窘，让我身心俱疲，丧失了生活下去的勇气。那个夏日的傍晚，我独坐夕阳下，心里只有一个念头，那就是，活着太难了，不如死了算了。

决心已下，平静地回到家里。默默地从书桌抽屉里找出一把锋利的小刀，此时的我沉静如水。我心里对父亲轻语，爸，你等着我，我来陪伴你了。

刀插在刀鞘里，我往外抽，竟然不太容易抽出来。心生诧异，使劲抽出刀子，一个小小的纸卷从刀鞘里掉了出来。弯腰拾起，展开一看，原来是父亲写给我的一张字条和一张 2 万元钱的定期存单。父亲在字条里说："亲爱的女儿，我知道你很脆弱，我担心你经不起人生路上的种种磨难与挫折。这些钱是你以往陆续给我的，你单位发的年终奖，我一直给你留着，打算在关键时刻交给你。记住，无论何时，你都要坚强地活下去！"

潸然泪下的我，一任热泪奔涌，因为这是幸福的泪。原来，在这个世界上，最了解我的是亲爱的父亲。父爱无言，却永如一盏不灭的灯火，温暖着我的心，照亮我人生的道路，指引着我，越过坎坷，坚定地生活下去。

我用父亲留下的这笔钱开了一家小商店，用心经营，现在已发展成为大超市了。而父亲的信我则一直悉心珍藏着，时不时拿出来看一看。这封信，已经是我人生最为宝贵的精神财富。

刀鞘中的父爱，就这样温暖着我的人生。

奶奶的完美人生

奶奶的一生很坎坷，也很完美，那份完美源于她的从容不迫。

奶奶18岁就嫁给了爷爷，此后多年一直随爷爷走南闯北，历尽艰辛，却一直保持着洁净的生活习惯。从小，在我眼里，奶奶就一直是这样的形象：满头银丝，梳得光光净净盘成一个发髻，用黑丝网罩包住。一件深蓝色的对襟褂，一条黑色长裤，永远整洁、干净，不落半点灰尘。虽然是“三寸金莲”，走路却飞快。

奶奶说，在那些饥饿的年代，她从来不曾哭泣；遭遇土匪劫持，她镇定自若地说：“等我做完饭就跟你们走！”最终土匪被她的气势镇住了，悄然退却了。

奶奶家在郊区，一个不大的院落却充满生机。院子周围全是树，这小院仿佛是绿海中的一叶小舟。春末时节，梨花如雪，随风飘舞，带来种种花的芬芳。夏天，绿荫遮阳，洒下无比的清凉。秋天，果香四溢，常有馋嘴的孩子扒在院门往里窥视。就是冬天，松柏也照样郁郁葱葱。小时候，我常坐在摇椅上仰望星空，听奶奶讲种种的民间传说，直到蒙眬入睡。

奶奶有五个子女，爷爷去世早，奶奶独守小院，哪儿也不去。她对我说，你爷爷孤单，需要人陪。

奶奶的小院，圈里养着猪，院里有鸡鸭，前边种果树，后边是菜园。清晨，白色、粉色、紫色的牵牛花露出笑脸。黄昏时分，向日葵低头思索，像个哲学家。

一直以为奶奶生活得很幸福。

我恋爱的时候，奶奶说，睁大眼睛，找个疼爱你的人。

婚后我发现老公并不疼爱我。奶奶说，我去打那个不懂女人辛苦的浑小子去。奶奶这才告诉我，爷爷年轻时也是心很野的人，常常一去不归。奶奶含辛茹苦持家，养孩子，心里有多少委屈，只能对月流泪。

终于有一天，我离婚了。奶奶说，离了也好。奶奶告诉我，后来，她的辛劳感动了爷爷，在以后的岁月里，爷爷一直怀着内疚的心疼爱她、关心她。奶奶说，让一个男人长大，需要时间。

奶奶的话让我想了许多。也许，人生中，最需要的是宽容。

所以，当那个让我受尽委屈的人对我说“我们复婚吧”的时候，我的眼前，就浮现出奶奶淡定从容的神色。我说，好吧，我们复婚。

日子一天天过去，奶奶老了。去年夏天，奶奶住进了医院。医生说，没啥大毛病，人老了，犹如机器，该停转时就自然停转了。奶奶对我说，生老病死谁人没有？你知道我爱干净。我走后，给我洗洗脸，换身干净衣裳，头发要梳得一丝不乱……

我照办了。奶奶临终前，对我说的最后一句话是——其实，我的五个儿女，都不是我亲生的……

原来，奶奶一生不曾生育，但悉心把爷爷前妻的五个儿女抚养成人。这其中，包括我的父亲。

奶奶去世时很安详，仿佛进入了世上最甜美的梦乡。

我一直保守着这个秘密。虽然奶奶不识字，但在我心里，她却是我人生路上最好的老师。奶奶像面镜子，照出我人生的浮躁。为追逐名利而寝食不安，为一点小事就耿耿于怀，难以消解。自然而然，我想起两句话："荣辱不惊，看庭前花开花落。去留随意，任长空云卷云舒。"这是奶奶完美人生的真实写照。

母亲的秘密

父亲去世后，母亲一直很沉默。这令我很担心。

平心而论，我是个很开明的人，并不反对母亲再婚。我对母亲说："人常说，老伴老伴，老来做伴儿。如果有合适的人，千万不要错过，我希望你晚年幸福。"母亲说："我的事不用你操心。"

为了给母亲解闷，我买了电脑，教母亲上网聊天，教她用拼音打字。母亲立刻迷上了网络世界的无限风景。久违的笑容回到了她的脸上，我这才松了一口气。

可是疑惑很快就来了。我发现母亲时刻提防着我，QQ号设的密码我竟然无从查找。说实话，我对母亲的聊天记录真的很好奇，我想知道母亲上网都跟网友聊些什么。我甚至想，70岁的母亲，会不会也出于某种虚荣心，将自己年轻时的青春照片贴上去？会不会也给自己起个风情万种的网名，冒充青春少女？最关键的，母亲，她，会不会网恋？

可是破解密码的工作毫无进展。常常会出现这样的情形，母亲上网时，会穿上一件最漂亮的衣服，淡妆，头发梳得一丝不乱后才款款坐到电脑前。这一切，更加深了我的疑虑，难道母亲真的在网恋？

有时我会突然走进书房，就会发现母亲神情慌乱地赶紧关掉QQ，站起身来说：“我做饭去了。”我下定决心，母亲的秘密我一定要知道！

有一天，母亲正在炖红烧肉，小火慢炖，时间较长，母亲就打开电脑上网了。我下班回来，灵机一动，对母亲说：“汤冒出来了，你快去看看！”

母亲一听，果然慌了，赶紧奔向厨房，她竟然忘记关上她的QQ了。我悄悄地走近她的电脑，我想母亲的秘密终于可以知道了。

我仔细一看聊天内容，眼眶立刻湿了。原来，我的母亲在网上不是跟别人聊天，更不是与某一个男人网恋，而是……而是替我找对象呢！

我看见母亲正在写着的一行字——她对网友这样说：“我女儿人生坎坷，结婚，离婚，复婚，又离婚。我希望你是个善解人意的人，懂得关心她、照顾她。她脾气不好，你多担待。她是刀子嘴，豆腐心。我最疼爱的女儿，我希望她生活幸福，这辈子能找到一个真正爱她的人，我就放心了。”热泪缓缓地流下我脸颊。

母亲的秘密我终于知道了。那就是，她对女儿的疼爱，这疼爱，是永远的。我不觉想到一个更重要的问题，谁来疼爱母亲呢？

有一种爱绵绵不绝

女人被送进医院的时候，早就过了预产期。B超显示，羊水混浊。医生说，胎儿危险。女人一听，泪水便顺着脸颊静静往下淌。医生说，只能剖宫产。她说："行，只要胎儿安全就好。"男人一旁摇头叹气说："从此以后，你肚子上会有一道难看的疤。"女人凛然转头看他一眼，脸色凝重。男人立刻知趣地住了口，不说了。

孩子生下来，是个女孩。男人一心想要儿子，结果令他大失所望。他跑到医院大门口抽烟解闷，听不到女人在病房里的声声呼唤。麻药劲儿过去了，她疼。再后来，她渴了，她饿了，没人理她。婆婆来医院的路上听说生的是女孩，拎着煮好的鸡汤掉头回去了。

她让人在床尾系上一根绳子，然后双手拉着绳头，一点一点地坐起来。忘掉了饥渴，忍着刀口的阵阵剧痛，她去看刚出生的女儿，她的宝贝。女儿像一朵娇嫩的花绽放在她眼前，催出她满眶激动的泪。她轻吻女儿的脸颊，喃喃自语，宝贝，我的天使。

7天后，该出院了。男人不在，不知跑哪里去了。她办好出院手续，一个人，抱着女儿回家。没有母乳，她热了牛奶喂女儿。白天尚可，晚上可是真遭罪。一会儿换尿布，一会儿喂牛奶，一晚上几乎没合过眼。

女儿7岁那年，她的工作丢了。回到家里，男人对她说，我赚钱也很辛苦的。从今以后，你自己养活自己吧，别想赖在我身上。她说，你放心，我不会赖着你的。转过身，眼泪哗哗地流下来。

女儿一天天长大了。学习刻苦，成绩好，考上了大学。女儿大二那年，女人的婚姻走到了头。男人什么都要，就是不要女儿。她挥手给了他一记响亮的耳光说，离了吧，省心。

她搬出去，租了间地下室和女儿同住。她干清洁工、卖菜、送报、擦皮鞋……为了多挣钱供女儿读书，她还兼职在餐厅洗碗。忙碌的日子风一般逝去，她的鬓边有了白发。她的手粗糙如砂纸，还在不断地脱皮。暑假归来，女儿帮她拔白发，总也拔不完。女儿抱着她哭了。女儿说，再熬两年，等我毕业了，我挣好多钱，让你过上好日子。

握着女儿的手，她微笑，眼角盈泪。她说，我的宝贝，我信，我女儿一定有出息。过几年你嫁了人生了孩子，我还要帮你带外孙呢。

有一种爱绵绵不绝，那就是母亲的爱。如果说孩子是美丽的浪花，那么母亲就是浩瀚的海洋。

我和母亲登华山

人生中许多不如意之事使我意志消沉，心情郁闷。母亲说，出去散散心吧。我说，去哪儿？母亲说，西安。

在西安匆匆一游，母亲带我直奔华山而去。

华山号称“天下第一险”。

人人都说晚上登华山最好。于是，美好的夏夜，我带着母亲，经鱼石、五里关，到石门、药王庙，到毛女洞，到云门。从青柯萍至白衣洞，再到回心石。我担心母亲的身体，说，回心石的意思是，现在回头还不迟。母亲说，既然已到华山脚下，不登华山我将一生遗憾，走吧！

一路到了千尺幢。石阶很陡，须步步小心。所幸路边有粗大的铁链，我和母亲都小心地拉着铁链走。过了千尺幢，就是百尺峡。然后，一路上东绕西绕，到了天梯。

夜色中，细雨霏霏，每一级石阶都相当湿滑。我为母亲打着手电，小心翼翼地向前走。天梯很是陡峭，我们不敢大意，死命抓着铁链，以防不测。

我们先到了南峰，然后到了中峰，那里是一派北国风光。冰雪封路，冰花俏丽。石阶陡峭，一步一打滑。

最终，我们走到了一堵峭壁跟前。峭壁上的石阶很窄，笔直向上，垂直成90°角，极像老鹰的尖嘴。这个地方是整个华山最险峻的地方，名字叫“鹞子翻身”。母亲年纪大了，从一旁的缓坡走了上去。我说，我不绕路，我想试试。当我爬到“鹞子”的尖嘴边时，双脚蹬住石壁，整个身子弓起向上走。铁链在不停地抖动，时刻在变换方向。我一脚踩滑了，双脚悬空，只靠两只手的力量抓住铁链。铁链带着我滴溜溜地转圈。我往下一看，是看不到尽头的黑暗。往上看，除了头顶的巨石我什么也看不见。母亲不停地鼓励我：“别害怕，千万撑住，别松手。抓紧链子，先迈步，再换手抓链子。”我定定神，照母亲说的做，终于上去了。

午夜时分，我和母亲在一家设在半山腰上的客栈里休息。

天亮了，走出客栈，我目瞪口呆。眼前的景象，真的险峻至极。客栈在半山腰上，从门口往下走，是一级级的细而窄的石阶，一级一级，数也数不清。石阶上霜花晶莹，一不小心滑倒，就会瞬间滚下万丈深渊。母亲则早有准备，跟店主买了两根拐杖，说，有了它，就什么也不怕。我敬佩于母亲的从容淡定，母亲的话让我有了登上华山山顶的信心。

一步一步地走下客栈，一步一步地来到北峰。站在峰顶，但见松柏苍翠，玉树琼枝。我和母亲站在峰顶，共迎一轮新鲜的朝阳。母亲说，能够登上华山的人，人生路上什么困难也不怕。

我突然明白了，不是我带母亲游华山，而是母亲带我来登山。她担心她的女儿娇弱如小草，经不起人生路上的风雨。她希望我是一棵大树，就像华山山顶的松柏，坚强、独立，笑傲寒霜与飞雪，永远乐观向上。

我更明了，做一个坚强乐观的人，是母亲的愿望，也是我的追求。登上了“天下第一险”的华山，那么人生于我，还有什么过不去的坎呢？

亲情岂能被复制

自从有了手机，短信便如影随形。但收到的短信，却基本上都是别人“借花献佛”的东西，不过是转手发送而已。轻启按键，点一下“转发”或“群发”，就大功告成。也因此，那些繁花似锦、精彩纷呈的短信，缺乏温暖人心的力量。

置身于繁华都市的钢铁森林之中，人人都渴望能够真诚地生活。每个人的内心深处，都希望能够收到不群发、非复制的短信。但又总抱怨自己太忙，没有时间编辑短信。

现实生活中，每个人都懂得善待亲人、善待父母的道理。父母把我们抚养成人，受尽辛苦。而他们内心深处所需要的，不过是一条手写短信而已。这要求不仅合理，甚至还含有卑微的色彩。因为对儿女来说，不过是举手之劳而已。但是，就是这么一点小小的心理需求，许多做儿女的，也不能予以满足。对父母习惯性地疏忽，使他们意识不到这一点。或者即使意识到了，但却又一味地以“我太忙”来搪塞，那其实是对亲情的敷衍。

请不要说什么生活节奏太快，慢生活只是奢望；也不要说什么工作压力过大，没心情诗意温馨；更不要说什么为生存而战，成为“悠客一族”太遥远……这世上每一个身为儿女的人，是不是应该轻轻地问自己一句：我们整天都在忙些什么？

车站等车，银行排队，晚上在家看泡沫剧……就算是在餐厅吃饭，哪怕是等饭菜齐备的那一点时间，你手指轻动，来条原创短信，也很方便啊！

复制短信，转手群发的行为，看似省心省事，其实这样的问候并不温暖，甚至含有一丝冷漠。

人世间，关怀岂能被复制？惦念也不可能遍地开花。友情，本就是点对点的交流、心与心的应答。最动人的短信，也许辞藻并不华丽，但却是本人亲手写的，字字达意、句句传情。它会带着一颗真心，越过千山，去温暖亲人的心。

哦，在如今的网络时代，任何东西都可以被克隆、被复制粘贴，唯独亲情例外。亲情岂能被复制？因为亲情很珍贵。

父亲的人生哲学

18岁那年，我工作了。上班第一天，父亲拉着我的手语重心长地说，好话一句三冬暖，恶语一句三伏寒，你脾气不好，不要把人都得罪光了。

到了单位，果然如父亲预言的那样，没多久，同事们就都不怎么理我了。同事们说我开不起玩笑，说不上三句话就急，很没意思。我一意孤行，还觉得自己格外脱俗，可是最终有一天，我哭了，我终于明白父亲说得对。

那年冬天，单位分带鱼。一人20千克。一人抱不动，须两个人合作才行。可是我眼望之处，同事们两两合作，都把带鱼拎回家了。只有我，孤孤单单地站在雪地里。我只好找了一根绳子，一路拖着带鱼回家去。

父亲说，做人要勤快，不能懒。他要求我提前半小时去上班。我不以为然。不久，科长退休，领导经过考察，任命科室的一个新来的大学生为科长。我质问领导，论工作能力、业务水平，我都比他强啊，为什么不是我？领导说，你说的都对，可是有一点他比你做得好，那就是，他每天都提前半小时来上班，比你敬业。

婚后夫妻聚少离多，我向父亲抱怨，父亲说，你要理解他，工作忙嘛。我说，他一出门就不理我，电话也不打一个，爱情体现在哪里？

终究离了婚。之后我就遭遇下岗，更加怨天尤人，牢骚满腹。父亲说，一切都会好起来的，不要抱怨人生。他还说，人生在世，谁也靠不住，凡事只能靠自己。

不久，父亲就因脑出血离开了人世。

我应该深深地感谢父亲，他的人生哲学影响着我的人生走向，使我最终熬过了人生最艰苦的日子。当我再次步入婚姻殿堂，我学会了宽容与迁就，懂得了沟通与交流的重要。

亲情快捷键

父亲去世后，母亲一人独居。为方便联系，我给母亲装了电话。母亲不识字，记性差，反应慢。等她按完电话号码，听到的总是电话里温柔的女声："请在30秒钟内拨号……"看我一脸着急的样子，母亲抱歉地笑着说，你让我慢慢适应吧。

上班时，我向同事诉说了我的烦恼。同事笑着说，这有什么难的？给你妈买一部手机，设置一下快捷键不就行了？

于是，下班后，我去通信市场给母亲买了一款手机，湖蓝色的。母亲很喜欢，但随后又退给我，说，可是我太笨了，连个号码也不会拨。我说，我帮你设置一下快捷键。以后呢，你按数字1，就是我的号码，一拨就通。数字2，是你外孙的号码，想他时就打一个电话给他。数字3，是粮店的号码，家里需要米和面，你按这个号，粮店就会按你的要求给你送米和面，很方便。数字4，是物业公司的号码，家里有什么事，比如下水道堵了、马桶漏了之类的事，你按这个数字就成，问题就可以立刻解决。

同时，我的手机也专为母亲设置了亲情快捷键。按数字1，就可以立刻接通母亲的手机，听到母亲温暖的声音。朋友问我，只设置这一个快捷键吗？我说，对。因为对我而言，在这个世界上，只有母亲是最需要我照顾的。她最大的快乐，就是听到我的问候。

因为设置了亲情快捷键，母亲每天都随身带着手机，随时拨打、接听电话，也终于学会了适时给手机充电。

白雪飘飘的冬日黄昏，走在下班路上，我习惯性地掏出手机，想给母亲打个电话，听听母亲的声音。刚要按下那个数字1的快捷键，手机铃声便悦耳地响起，一看号码，是母亲打来的。顿时，心头暖流涌动。我问，妈，有事吗？母亲说，下雪了，穿得厚实吗？不要着凉。

一瞬间，我鼻子酸酸的。原来，在母亲心中，女儿永远是孩子。

母亲接着说，最近又加班了吧？别累坏了。我做了你最爱吃的罐焖鸡，过来吃吧！我说，好。

走在风雪的城市街头，心里热乎乎的。想起母亲最爱吃烤鸭，我立刻赶到烤鸭店买了一只。刚出炉的烤鸭，油亮诱人，香味扑鼻。

按下亲情快捷键，我对母亲说，妈，我买了你最爱吃的烤鸭，刚出炉的。

母亲那边嗔怪，傻丫头，又乱花钱。我说，你爱吃就好。

手机两边的人，都在幸福地微笑。

亲情快捷键，是母亲和我心中的快乐键。

·父母的爱情

父母的婚姻是包办的。父母之命、媒妁之言八个字，曾让我不屑一顾他们当年的结合。父亲说，当年订了婚，他并没有见过母亲一面。我就想，这婚到底是怎么订的？我让父亲说说择偶条件。父亲笑道：“不呆不傻就行，长得看得过去就行。”我说：“这就行了？心灵的默契呢？爱情的感觉呢？”父亲说：“啥叫爱情？我不懂。”

我听了真是泄气。就去问母亲当年的事。母亲说，她也是订婚前几天，才偷偷看了父亲一眼——嘴巴大得像漏勺，个子还没板凳高。

母亲的话极不客观。在我眼里，父亲长得还是蛮英俊的。个子不是太高，也不算太矮，怎么可能还没板凳高呢？我只能这么想，也许，与人交往，第一眼的印象着实重要。也许，母亲第一眼就没有看上父亲，这没办法。

母亲说，结婚那天，她还在和面，准备做午饭。花轿来了，她连手都没有来得及洗，就双手是面被人塞进花轿抬了去。连续两天，见人就磕头，得了些礼钱。母亲说：“夏家实在穷，连床上的被子都是借来的，第二天就还掉了。”

父亲听了只是呵呵地笑，并不反驳。我想，看来母亲所言不虚。

从乡村来到城市定居，母亲沾了父亲的光。因为父亲是复员军人，服役8年，年年是“五好战士”“学雷锋标兵”。转业分配工作时，正值开发新疆维吾尔自治区的浪潮激荡，并有许多优惠条件，比如可以携带家属前去并为家属安排正式工作什么的，让父亲很动心。为了母亲有份工作，他毅然拒绝了组织上的安排，放弃定居南方大城市，带母亲来到新疆维吾尔自治区。虽然母亲一个大字不识，却很顺利地进入国企，成为正式职工。母亲从此得见天日，自豪无比，张嘴就是：“我也是有工作的人呢。”不过，母亲并不领父亲的情，总说工作是自己争来的。

在我小的时候，就一直见父亲忙碌，几乎没有休息过。母亲只是上班，父亲要上班，下班还要做饭，做家务。为了照料家庭，父亲放弃了当官的机遇，先是在食堂当采购，后来又主动要求当库管，因为当库管的他，可以让我们在库房里安静地写作业，并可以随时辅导我们的功课。

为了我们，父亲没有自我意识。眼里心里，只有我们。

家里穷，4个孩子要上学，父亲就自己买布给我们做衣裳。父亲甚至会织毛衣。

最忙的时候是开家长会。4个孩子同时开，父亲只能一个学校待一会儿，用转战南北来形容，并不过分。因为母亲不识字，去了也没什么用。

母亲脾气不好，一生气就去找领导反映，告父亲的状，要求离婚。记忆里最清晰的，是一个雨天，母亲跟父亲生气，摔了家里的东西，然后冲出家门。父亲忙着把饭做了，让我们去吃，然后冒雨出门找母亲。原来母亲正在领导家中哭诉，求领导做主判他们离婚。领导笑眯眯地听完了，说：“说句实话，他对你那么好，人要知足呢。”

正说着，父亲去了。母亲的泪又掉下来，又絮絮叨叨地指责父亲的不是。父亲只是笑，拉着母亲回家去，说：“有事儿回家说去，我随便你说，总行了吧？”

回到家里，母亲还在生气。父亲把饭端到母亲面前。

那是一碗热腾腾、香喷喷的鸡蛋面。这样的一碗面，在当年，是我家能够享受到的最高待遇。我们只能生病时才能吃上。

所以，我极愤愤不平。因为羡慕，引发了我心中的嫉妒。我觉得父亲对母亲太好了，而母亲，远不是一个知恩图报的人。当母亲吃面的时候，我拉父亲到一边，悄悄问他：“爸，她这么不讲理，还乱砸东西，你为什么还给她吃这个？好像是表扬她该砸东西似的！”

父亲笑道：“唉，小孩子，懂什么？你不知道，你妈是孤儿，3 岁多父母就死了，多可怜。”

从小我就觉得，父亲对母亲的好是说不尽的。有好吃的东西，4 个孩子一人一份，父亲从来不吃，却总记得给母亲留一份。而母亲，似乎从来没有问过父亲一声，就自顾自地吃。

岁月流转，母亲的脾气也越来越大。有一天，因为一点小事，她跟父亲吵架。她又乱砸东西，跟疯子似的，谁也劝不住。父亲去扫地上的碎玻璃，结果手指被划伤流了血。母亲在一旁不管不问。

父亲的手血流不止，我心疼得哭了。我劝父亲说：“离了吧，何必这样活受罪？”

父亲平静地说：“傻孩子，尽说傻话。我离了，你们就得跟着受苦。”

望着父亲的脸，我的泪悄悄流淌。那年，我 20 岁。

我虽然心疼父亲，但在心里，却并不赞成父亲的做法，或者说，不欣赏他的性格。我总觉得身为男人，当四海为家，潇洒从容，父亲太平庸了。

于是,22岁那年,当我遇到一个潇洒从容、什么家务都不会干的男子汉时,我就很自然地爱上了他。父亲说:“这人靠不住,他什么也不会干。结婚以后你什么都得干,会累死你的。”

我心里说:“好男人志在四方,我不要他像你一样琐碎、平庸。”

最后,我力排众议嫁给了他。婚后所有的家务我一人承担,潇洒的老公常年不在家。婚后回到娘家,总是听母亲抱怨父亲,一张口就是:“老夏,这辈子嫁给你,我算倒了八辈子的霉了!”

父亲退休了,开了一家小店,经营日常百货。店小,雇店员很不划算,于是,售货、进货、记账、盘点,所有的事都是父亲一人忙乎。我们姐弟俱已成家,各有各的事儿,平时也帮不上忙。而母亲,一字不识,所能做的,不过是给父亲做做饭而已。这使我私下常抱怨父亲遇人不淑。我说:“当年你要有点见识,就该娶个有文化的女子。没文化有什么用?连帮你看店都不行,一个废物。”

父亲说:“不要这么说她,好歹她也是你妈。你不知道,人讲缘分。我和你妈成了家才有你啊。她是一个好女人,除了不识字之外,规矩,不藏心眼,是个直爽人,有话就说,我觉得这一点特别好,就是跟我闹,也是闹完了拉倒,从来不算后账,而且,告诉你吧,当年在村子里,她那长相,也算是百里挑一,你就不要抱怨了。”

记忆中有一个情节,是我一直不愿回想的。有一天早上,父亲在进货路上突然晕倒,幸亏一个晨练的老人发现,把他送进了医院。

幸亏抢救及时,父亲苏醒了过来。

听到这个消息,我的泪哗哗往下淌。那时候,我正闹离婚。放下电话,什么也顾不上,我买了许多营养品,还有父亲最爱吃的卤鸡去看望,后又得知,为了省钱,父亲要求立刻出院,已经回到家中。

当我赶到父亲床前，看见父亲苍老而疲惫的脸上皱纹道道，以前是两鬓斑白，当时已是满头华发，我的泪，又静静地流下来。握着父亲青筋暴露的手，我一句话也说不出来。父亲见我难过至此，反而笑着安慰我，说："没事儿，二妮，我命大着呢，你不要担心啊。"

母亲此时却在翻拣我带来的东西，一见卤鸡就说："还热着呢，真香。老夏，你吃不吃？你不吃我就吃了。"

父亲经过检查，被确诊为脑出血，另外还有动脉硬化、心脏病、高血压以及关节炎。因为母亲不识字，医生就把检查结果告诉了父亲，并告诉父亲因为这诸多疾病，生命随时有危险。

这一点，父亲至死都瞒着我们。知道这一点，是在父亲去世之后，母亲才告诉了我们姐弟四人。母亲说，父亲其实也没有告诉她事实真相，只是反复说："老伴啊，如果有一天我不在了，你怎么办啊？"

事实的真相，是她后来听单位的人说的。那是在父亲的葬礼上，有人脱口而出，母亲才知道的。

患病后，父亲对母亲越发温柔，常常眼中含泪，忧心忡忡地望着母亲叹气。父亲甚至想教母亲识字、记账，想教母亲进货和盘点。

可惜我不争气的母亲，在3个月的时间里，只学会了写自己的名字。唉，我的母亲，太笨了。

没有挨到半年，父亲就因第二次脑出血突发进了医院。这一次，父亲再也没有苏醒过来。

送走了父亲，母亲就不停地咒骂父亲："老夏，你这个挨千刀的，这辈子算是把我坑死了。你走了，我怎么办啊？"

我想只要母亲过得好，我希望母亲再婚。我开始为母亲物色对象，我想，母亲多年来一直抱怨父亲。那么，为母亲择偶，母亲一定不会反对。

但我错了。因为这件事，母亲把我一顿痛骂，说我多管闲事。

寂静的午夜，想起父亲，我泪如雨下。

我终于读懂了父母的爱情。原来，在父亲眼里，身为孤儿的母亲实在可怜，父亲的爱里更多的是怜惜。而母亲，对父亲的感觉，就是撒娇。这是一对类似父女之情的夫妻。父亲在心里，是把母亲当女儿来疼爱的，所以凡事不计较。这一点，又像兄长对小妹。在父亲心中，母亲既是小妹又是女儿。这是何等的似海深情！

只是母亲身为女人，常常心口不一。心里爱，嘴里却一直在骂。打是亲骂是爱，母亲在这一点上，算是发挥得淋漓尽致了。

领悟到这些，我已经年近不惑了。

徘徊在围城的边缘，我更敬重我的父亲。原来，父亲那宽容的爱，是这世上极其稀少的珍贵情缘。我终于明白，爱情，说到底，能够打动人心的，终究是传统意义上的坚守与坚持，所谓执子之手，与子偕老。

现代人或许可以无视这传统意义的包办婚姻。但我明白，为了婚姻做出自己的努力，父亲很伟大。

紧紧牵着母亲的手

年逾古稀的母亲，腿脚越来越不灵便了。一天，她不小心摔倒，尾椎骨折。

手术后回到家中，因为害怕再次摔倒，她干脆赖在轮椅上不肯下来。一天三顿饭，顿顿都要在轮椅上吃。天气晴朗的日子，我带她去院子里散步，但她一步路也不愿走。我只好先把轮椅从楼上搬下来，然后把她从家里背到楼下，再用轮椅推着她散步。医生说这样不行，能走路，还是尽量走路好。如果不活动，肌肉会逐渐萎缩。那样的话，恐怕以后她只能在轮椅上度过余生了。

情况如此严重，让我下了决心，一定要让母亲早日康复。

我把轮椅藏了起来，把饭直接放到餐桌上。母亲没办法，只好拄着拐杖，慢腾腾地走过去吃。从此她恋上了拐杖，走到哪里都架着它。我说："妈，你把那副拐杖扔了吧，我就是你的拐杖。"母亲凝神望着我，随后郑重地把一只手放到我的手上。同时，母亲全身的重量瞬间便压了过来。对此，我只能咬紧牙，使出全身气力，才勉强支撑住母亲的身子。母亲立刻便察觉了，抱歉地对我说："女儿，是我太沉了。"我笑笑说："没关系。来，把头靠在我肩上。”每走一步，我都鼓励母亲走得好，再走一步。

一次，陪母亲在院子里散步时，正巧碰到一个熟人。我就撇下母亲，走到一边和熟人闲聊了几句。等我返回母亲身边时，就见眼神焦灼的母亲一把握牢我的手，大声说：“以后不许离开我一步，知道吗？”

闻言我吓了一跳，心想：“不就是才分开了几分钟吗？至于吗？”

没想到母亲竟然潸然泪下，像个受了极大委屈的孩子似的，边哭边说：“就这样把我一个人丢在这儿，你跑到一边跟人闲聊天，能行吗？记住，以后不要放开我的手！”

母亲的话让我不禁回想起一幕童年往事。那年我才6岁，刚上小学。一天傍晚，母亲下班后接我回家。路上遇到一个单位的同事。母亲便放开了牵着我的手，让我站在路边别动，自己则和同事走到一边聊了一会儿。我一个人孤零零地置身于繁华都市的街头，来来往往的都是陌生的面孔，我被吓哭了。当母亲过来时，我边哭边喊：“为什么把我一个人丢在这儿啊？我好害怕……”

此时此刻，我终于懂得了母亲的心。她大病初愈，走路都走不稳。没有一点儿安全感的她，心里是何等无助。我明白了，这种时候，我是一分钟也不应该离开她的。因为这种时候，她格外需要我的陪伴与关怀。紧紧牵着母亲的手，我泪光晶莹，哽咽着说：“妈，是我错了。放心吧，以后我绝对不会放开你的手。”

母亲点点头，开心地笑了。就像小时候，当母亲把我最爱吃的花生糖放进我手心里时，我一脸幸福与满足的笑容一样。秋日的阳光下，满头白发的母亲紧紧牵着年过半百的女儿的手，活像一个蹒跚学步的孩子。